就是快！

200句型
開口説日語

善用「句型」就能省時、省力、更省錢！

日文教科書・檢定書作者

李宜蓉／著

知識工場
Knowledge is everything！

知識工場
Knowledge is everything！

在最短時間內用200句型開口說日語！

本書是針對加強日語生活會話能力所編寫的學習用書，以初級必學200句型為中心發展內容，共分為「Part1：文型表現」及「Part2：助詞」兩部分。

本書的特色在於：Part1文型表現內容除單字、句型解釋、示範例句外，並增加實用日語會話，同時清楚標示新日本語能力試驗N4、N5適用之文型；Part2助詞內容則是含括了助詞解釋與示範例句。在本書編寫過程中，筆者也多次諮詢學習日文的學生們提供許多寶貴意見，讓本書的編排儘量符合使用者需求，也藉由清晰的內容架構與簡明的解說方式，來提高學習效果。

本書除提供日語會話學習使用以外，也適合作為新日本語能力試驗N4、N5之參考用書，同時適合作為初級學習者奠定初級日語文法與句型概念的常備參考書，筆者謹予誠心推薦。

特別感謝采舍國際有限公司對筆者的支持與肯定，讓本書得以付梓。筆者從事日語教育多年，本系列書籍內容雖勉力為之，惟學力有限，若有疏漏，尚祈讀者先進不吝指正，俾再版時補充與改進。

李宜蓉

使用說明

1 名師精心挑選出初級日語學習者使用率最高、最需要用到的**200**個句型，隨翻隨記就能開口說。

2 老師解說文型既清楚又白話，只說重點一箭穿心，馬上知道句型怎麼用。

3 選出最容易理解的簡單例句加以說明，讓讀者立即理解，掌握替換重點。

4 選列出初學者必須要知道的基本會話主題，經常出現的生活情境，很熟悉當然更好記。

5 卡通人頭搭配會話情境，男女有別，說話方式也不一樣，讓讀者可以角色扮演，跟著立即說日語。

7 搭配有聲ＣＤ一起學習背誦，除了發音標準，會話還能更道地，習慣了語感之後更有助於記憶，日本人都是這樣說！

6 針對會話場景羅列出相關單字，除了趁熱複習，還能擴充讀者相關主題的單字庫，一石二鳥。

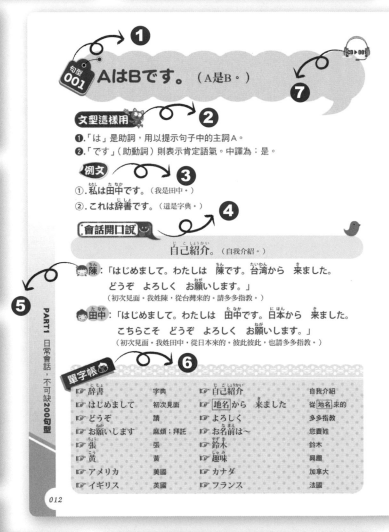

❶ ❼

句型 001

ＡはＢです。（A是B。）

（CD▶001）

文型這樣用 🐱 **❷**

❶.「は」是助詞，用以提示句子中的主詞Ａ。
❷.「です」（助動詞）則表示肯定語氣。中譯為：是。

例文 **❸**

①.私は田中です。（我是田中。）
②.これは辞書です。（這是字典。）

會話開口說 😊 **❹**

自己紹介。（自我介紹。）

陳：「はじめまして。わたしは　陳です。台湾から　来ました。
　　どうぞ　よろしく　お願いします。」
（初次見面。我姓陳，從台灣來的。請多多指教。）

田中：「はじめまして。わたしは　田中です。日本から　来ました。
　　こちらこそ　どうぞ　よろしく　お願いします。」
（初次見面。我姓田中，從日本來的。彼此彼此，也請多多指教。）

單字帳 🐱 **❻**

☞辞書	字典	☞自己紹介	自我介紹
☞はじめまして	初次見面	☞地名から　来ました	從地名來的
☞どうぞ	請	☞よろしく	多多指教
☞お願いします	麻煩；拜託	☞お名前は～	您貴姓
☞張	張	☞鈴木	鈴木
☞黄	黃	☞趣味	興趣
☞アメリカ	美國	☞カナダ	加拿大
☞イギリス	英國	☞フランス	法國

PART1 日常會話，不可缺200句型

❺

012

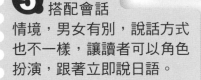

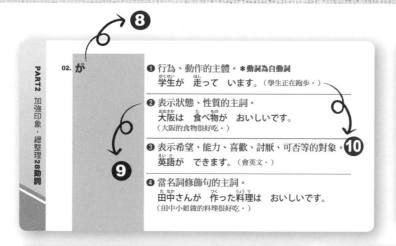

❽ 名師挑選出初級日語學習者最需要知道和熟記的28個助詞，掌握好助詞的用法，句型不用怕。

PART2 加強印象，總整理28助詞

02. が

❶ 行為、動作的主體。＊動詞為自動詞
学生が 走って います。（學生正在跑步。）

❷ 表示狀態、性質的主詞。
大阪は 食べ物が おいしいです。
（大阪的食物很好吃。）

❸ 表示希望、能力、喜歡、討厭、可否等的對象。
英語が できます。（會英文。）

❹ 當名詞修飾句的主詞。
田中さんが 作った料理は おいしいです。
（田中小姐做的料理很好吃。）

❾ 每個號碼都是一種用法，老師為讀者快速說明28個助詞的重點整理，忘記了馬上查，當然好好用。

❿ 每種用法搭配最容易理解的例句，不拐彎抹角，馬上理解立即活用！

本書動詞的標示法是以新式日語教育稱法為主

☑ 動詞的主要變化形（以動詞「働く」為例）

	日本學校文法稱法	新式日語教育稱法	說　明
働かない	未然形＋ない	ない形	◀「働く」的否定
働きます	連用形＋ます	ます形	◀「働く」的敬體
働く	終止形	辭書形	◀「働きます」的常體
働く	連體形		
働け	命令形	命令形	◀命令語氣
働けば	仮定形＋ば	ば形	◀假設語氣
働こう	未然形＋う	意向形	◀表示勸誘或表示意志
働いて	連用形＋て	て形	◀常使用在句子中間的形
働いた	連用形＋た	た形	◀「働く」的過去式

CONTENT

目次

作者序 ⋯⋯⋯⋯⋯⋯⋯⋯⋯⋯⋯⋯⋯ 003

使用說明 ⋯⋯⋯⋯⋯⋯⋯⋯⋯⋯⋯⋯ 004

PART 1

日常會話，不可缺200句型

句型001 AはBです（A是B）**N5** ⋯⋯⋯⋯⋯⋯⋯⋯⋯ 016

句型002 AはBでは　ありません/AはBじゃ　ありません（A不是B）**N5** ⋯⋯⋯ 017

句型003 AはBですか（A是B嗎）**N5** ⋯⋯⋯⋯⋯⋯ 018

句型004 AもBです（A也是B）**N5** ⋯⋯⋯⋯⋯⋯ 019

句型005 これ/それ/あれ　は～です（這是～/那是～/那是～）**N5** ⋯⋯⋯ 020

句型006 この/その/あの/どの＋名詞（這個～/那個～/那個～/哪個～）**N5** ⋯⋯ 022

句型007 名詞＋の＋名詞（～的～）**N5** ⋯⋯⋯⋯⋯ 023

句型008 ここ/そこ/あそこ　は場所です（這裡/那裡/那裡是～）**N5** ⋯⋯⋯ 024

句型009 こちら/そちら/あちら/どちら　は場所です（這裡/那裡/那裡/哪裡是～）**N5** 025

句型010 場所・物・人は　ここ/そこ/あそこです（～在這裡/那裡/那裡）**N5** ⋯⋯ 026

句型011 動詞V2＋ます/ません/ました/ませんでした（做/沒做/做過/沒做過～）**N5** 027

句型012 時間＋に＋動詞（在～時候做～）**N5** ⋯⋯⋯⋯⋯⋯⋯ 029

句型013 AからBまで（從A到B）**N5** ⋯⋯⋯⋯⋯⋯⋯ 030

句型014 場所へ　来ます/行きます/帰ります（來/去/回來～）**N5** ⋯⋯⋯ 031

句型015 交通工具で～工具・道具で～（搭交通工具/利用工具、道具）**N5** ⋯⋯ 032

句型016 人・動物と～（和人・動物～）**N5** ⋯⋯⋯⋯⋯ 033

句型017 疑問詞も動詞V2ません/疑問詞も動詞V2ませんでした（都不～/都沒～）**N5**

⋯⋯⋯⋯⋯⋯⋯⋯⋯⋯⋯⋯⋯⋯⋯⋯⋯⋯⋯⋯⋯⋯⋯⋯⋯ 034

句型018 ～を　他動詞（做～）**N5** ⋯⋯⋯⋯⋯⋯⋯⋯ 035

句型019 場所で　他動詞（在～做～）**N5** ⋯⋯⋯⋯⋯⋯ 036

句型020 場所を　移動性自動詞（在～移動～）**N5** ⋯⋯⋯⋯ 037

| 句型021 | 一緒に　動詞Ｖ2ませんか（不一起～嗎？） N5 | 038 |

句型021 一緒_{いっしょ}に　動詞Ｖ2ませんか（不一起～嗎？）N5 ⋯⋯⋯⋯⋯038

句型022 動詞Ｖ2ましょう（～吧）N5 ⋯⋯⋯⋯⋯039

句型023 ＡはＢに物を　さしあげる/あげる/やる（Ａ（送）給Ｂ～）N4 N5 ⋯⋯⋯⋯⋯040

句型024 ＡはＢに物を～て　さしあげる/あげる/やる（Ａ為Ｂ做～）N4 N5 ⋯⋯⋯⋯⋯042

句型025 ＡがＢに物を　くださる/くれる（Ａ（送）給Ｂ～）N4 N5 ⋯⋯⋯⋯⋯044

句型026 ＡはＢに物を～て　くださる/くれる（Ａ為Ｂ做～）N4 N5 ⋯⋯⋯⋯⋯045

句型027 ＡはＢに物を　いただく/もらう（Ａ從Ｂ那裡得到～）N4 N5 ⋯⋯⋯⋯⋯046

句型028 ＡはＢに物を～て　いただく/もらう（Ａ要Ｂ做～；Ａ請Ｂ幫忙做～）N4 N5 ⋯⋯⋯⋯⋯047

句型029 Ａは言語_{なん}で何ですか。（Ａ用（某語言）怎麼說？）
→「～」です。（是「～」）N5 ⋯⋯⋯⋯⋯048

句型030 もう動詞Ｖ2ましたか。（已經～了嗎？）N5 ⋯⋯⋯⋯⋯049
→ はい、もう動詞Ｖ2ました。（是，已經～了）
→ いいえ、まだです。これから～。（不，還沒。現在開始要～）

句型031 形容詞 N5 ⋯⋯⋯⋯⋯050

句型032 ～です/～では　ありません（是～；不是～）N5 ⋯⋯⋯⋯⋯051

句型033 ～だ/～では　ない（是～；不是～）N5 ⋯⋯⋯⋯⋯053

句型034 い形容詞　～い/～くない/～かった/～くなかった（很～；不～；（那時）很～；（那時）不～）N5 ⋯⋯⋯⋯⋯055

句型035 あまり～ません（不太～）N5 ⋯⋯⋯⋯⋯056

句型036 ～は　どうですか（～如何？）N5 ⋯⋯⋯⋯⋯057

句型037 どんな～ですか（什麼樣的～呢？）N5 ⋯⋯⋯⋯⋯058

句型038 ～が、～。（雖然～，但是～）N5 ⋯⋯⋯⋯⋯059

句型039 どれが一番_{いちばん}～ですか（哪一個最～呢？）N5 ⋯⋯⋯⋯⋯060

句型040 ～が　好き_す/嫌い_{きら}　です（喜歡～；討厭～）N5 ⋯⋯⋯⋯⋯061

句型041 が　わかる（知道～；了解～）N5 ⋯⋯⋯⋯⋯062

句型042 ～から、～。（因為～，所以～）N5 ⋯⋯⋯⋯⋯063

句型043 が　ある/いる（有～）N5 ⋯⋯⋯⋯⋯064

句型044 どうして～。（為什麼～？）N5 ⋯⋯⋯⋯⋯065

句型045 場所に〜が　ある/いる（在〜有〜）N5 …………066

句型046 〜は　場所に〜が　ある/いる（〜在〜）N5 …………067

句型047 疑問詞も〜ません（都不〜）N5 …………068

句型048 〜や　〜や　〜など〜（〜啦、〜啦、〜等）N5 …………069

句型049 〜とか　〜とか（〜啦、〜啦）N5 …………070

句型050 名詞＋助詞＋数量詞＋動詞（＊運用數量詞的句型）N5 …………071

句型051 周期に頻度・次数（＊週期內的頻率和次數）N5 …………072

句型052 〜だけ（盡量〜；只有〜）N5 …………073

句型053 A場所から　B場所まで　交通工具で　どのぐらい　かかる？（從A地到B地利

用交通工具要花多少時間？）N5 …………074

句型054 AはBより〜（A比B〜）N5 …………075

句型055 AよりB名詞のほうが〜/AよりB動詞Vほうが〜（比起A，B比較〜）N5 …076

句型056 Aと　Bと　どちらが〜（A和B 哪一個比較〜）N5 …………077

句型057 範囲で　〜が一番〜（在〜中，〜最〜）N5 …………079

句型058 〜が　欲しい（です）（想要〜）N5 …………080

句型059 動詞Ｖ２＋たい（想要做〜 ＊第一人稱）N5 …………081

句型060 〜を　動詞Ｖ２＋たがる（想〜 ＊第三人稱）N4 N5 …………082

句型061 〜を　動詞Ｖ２＋たがっている（想〜 ＊第二、三人稱）N4 N5 …………083

句型062 形容詞＋がっている（覺得〜；感到〜）N4 …………084

句型063 場所へ　目的に　来る/行く/帰る（來／去／回去〜做〜）N5 …………085

句型064 〜か、〜（＊表示不確定的語氣）N5 …………086

句型065 動詞－て　ください（請〜）N5 …………087

句型066 動詞－て　いる/います（正在〜）N5 …………088

句型067 動詞－ても　いい/かまわない（可以〜；做〜也沒關係）N5 …………089

句型068 動詞－ない　くても　いい/かまわない（可以不〜；不做〜也沒關係）N5 …090

句型069 〜を持って　いる/います。（有〜）N5 …………091

句型070 動詞－ては　いけない/いけません（不可以〜；不准〜）N5 …………092

句型071 〜を知って　いる/います（知道〜；認識〜）N5 …………093

句型072	動詞－て、動詞－て、～（做～，又做～）	094
句型073	動詞－て から、～（做完～之後，做～）	095
句型074	名詞Aは名詞Bが～です（A的B是～）	096
句型075	い形容詞 くて、～（既～又～）	097
句型076	名詞で、～（是～是～；因為～）	098
句型077	な形容詞で、～（既～又～）	099
句型078	場所まで どうやって 行きますか（到～怎麼去？）	100
句型079	こんな/そんな/あんな/どんな～（這樣的；那樣的；那樣的；什麼樣的～）	101
句型080	動詞－ない で ください（請不要～）	105
句型081	名詞/な形容詞で（は） なければ ならない/なりません（必須是～）	106
句型082	い形容詞 くなければ ならない/なりません（必須是～）	107
句型083	動詞－ない なければ ならない/なりません（必須～）	108
句型084	動詞－ない と いけない/いけません/だめだ/だめです（不～的話不行；必須～）	109
句型085	名詞が できる/できます（會～；能夠～；可以～）	111
句型086	動詞Vことが できる/できます（會～；可以～；能夠～）	112
句型087	趣味/夢は 動詞Vことです（興趣／夢想是～）	113
句型088	～前に（在～之前）	114
句型089	動詞－た ことが ある（曾經～過）	115
句型090	動詞－V/動詞－ない ことが ある（有時會做～；有時不做～）	116
句型091	動詞－た り、動詞－た り する（做～啦、做～啦）	117
句型092	い形容詞かったり、い形容詞かったり する（一會兒～一會兒～）	118
句型093	名詞/な形容詞 だったり、名詞/な形容詞 だったり する（一會兒～一會兒～）	119
句型094	～なる/なります（變得～；轉變為～）	120
句型095	動詞－V と 思う/思います（我想～；我認為～）	121
句型096	動詞意向形 と 思う/思っている（我想～）	122
句型097	～と言う（要說～；叫做～）	123

句型098 名詞1と言う名詞2（叫做～的～）**N5** ────────124

句型099 動詞－Vと 言った/言いました（（某人）說～）**N5** ────────125

句型100 動詞－Vと 言って いた/いました（（某人）說～）**N5** ────────126

句型101 ～でしょう（大概～吧）**N5** ────────127

句型102 ～でしょう（～是吧；～對吧）**N5** ────────128

句型103 動詞V＋名詞（*名詞修飾節）**N5** ────────129

句型104 これは○○が 作った～です（這是○○做的～）**N5** ────────130

句型105 ～時、～（當～的時候，～）**N5** ────────131

句型106 動詞Vと、～（一～就～；～的話，就會～）**N5** ────────132

句型107 ～たら、～（如果～；做～之後，做～；做了～，結果～）**N5** ────────133

句型108 ～ても（就算～，還是～）**N5** ────────134

句型109 ～のだ/ん です（*強調說明、理由、根據的用法）**N5** ────────135

句型110 ～のですが、～ていただけませんか（因為～，可否請你～嗎？）**N5** ────────137

句型111 ～んですが、～たら ～ですか（*向對方尋求建議或指示）**N5** ────────138

句型112 名詞が できる/できます（可以～；會～）**N5** ────────139

句型113 ～が 動詞可能形（可以～；能夠～；會～）**N5** ────────140

句型114 ～しか～ません（只有～；僅有～）**N5** ────────142

句型115 ～は～が、～は（雖然～，但～）**N5** ────────143

句型116 動詞V2ながら、～する（一邊～一邊～）**N5** ────────144

句型117 ～も～し、～も（既～也～）**N5** ────────145

句型118 ～を他動詞て いる（正在做～ *現在進行式）**N4** **N5** ────────146

句型119 ～が①自動詞て いる（正在做～ *現在進行式）**N4** **N5** ────────147

句型120 ～が②自動詞て いる（～著的 *狀態或結果的持續）**N4** **N5** ────────148

句型121 ～が他動詞て ある（*狀態或結果的持續）**N4** **N5** ────────149

句型122 ～て しまった/しまいました（～完了；～了）**N4** ────────150

句型123 待って ください v.s. 待って いて ください（請等一下）**N5** ────────151

句型124 動詞－て おく/おきます（事先～）**N4** ────────152

句型125 ～までに ～する（在～時間之內，做～）**N4** ────────153

句型126 ～う/よう（～吧　＊意向形）N4 ·· 155

句型127 動詞意向形と　思う/思っている（我想～）N4 ····················· 157

句型128 ～つもり（打算～）N4 ·· 158

句型129 まだ～ない/ません（還沒有～）N4 ································· 159

句型130 まだ～動詞－て　い　ない/ません（還未～；還沒～）N4 ··········· 161

句型131 ～予定です（預定～）N4 ··· 162

句型132 ～ほど～（は）ない（沒有～更～的了；沒有～那麼～）N4 ········· 163

句型133 ～ほうが～（做～比較～）N4 ·· 164

句型134 ～だろう（大概～吧；可能～吧）N4 ································· 165

句型135 ～（だろう）と思う（我認為～；我想～；我覺得～）N4 ··········· 166

句型136 ～らしい（似乎～；好像～）N4 ······································ 167

句型137 ～みたい（像～似的）N4 ··· 168

句型138 ～かも　しれない/しれません（可能～；說不定～）N4 ············ 169

句型139 ～はず　だ/です（應該～）N4 ······································· 170

句型140 ～はずが　ない/ありません（絕不會～；不可能～）N4 ············ 171

句型141 ～よう　だ/です（好像～；似乎～）N4 ····························· 172

句型142 動詞命令形（去～！；給我～！）N4 ································· 173

句型143 動詞V＋な（別～；不准～）N4 ··· 175

句型144 ～は～という意味です（是～意思）N4 ···························· 176

句型145 ～は　何と　読むんですか（～怎麼唸？）N4 ······················· 177

句型146 すみませんが、○○に　～と伝えて　いただけませんか（抱歉，可否請您向

○○轉達～）N4 ··· 178

句型147 ～とおりに、～（照著～做～）N4 ································· 179

句型148 ～後で（～之後，做～）N5 ··· 180

句型149 前項動詞ないで後項動詞（沒～就～；沒～反而～；因為沒～而～）N5 ······ 181

句型150 ～ば、（假如～的話）N4 ··· 182

句型151 ～ば　～ほど～（越～就越～）N4 ··································· 184

句型152 ～なら（假如～的話）N4 ··· 185

句型153	～ように（為了～）N4	186
句型154	動詞可能形ように　なった（變得會～；變得能～）N4	187
句型155	動詞可能形なく　なった（變得無法～；變得不能～）N4	188
句型156	動詞Vように　する/します（做～；盡可能～）N4	189
句型157	～れる/られる　（被～ ＊被動動詞）N4	190
句型158	動詞Vのは　形容詞（做～很～）N4	192
句型159	動詞Vのが　形容詞（做～很～）N4	193
句型160	動詞Vのを　忘れた（忘記做～）N4	194
句型161	動詞Vのを　知っている（知道～）N4	195
句型162	動詞Vのは　名詞だ（做了～的是～）N4	196
句型163	～て、（因為～）N4	197
句型164	～ので、（因為～）N4	198
句型165	～ため（に）（因為～而～）N4	199
句型166	疑問詞＋か＋動詞 N4	200
句型167	～かどうか～（是否～）N4	201
句型168	～て　みる/みます（試試看～）N4	202
句型169	～のですが、～てくださいませんか（因～，可否請您～）N4	203
句型170	～ため（に）、（為了～）N4	204
句型171	動詞V＋のに（為了～）N4	205
句型172	名詞＋に、（對於～）N4	206
句型173	～そうです（好像～）N4	207
句型174	～て　くる/きます（～來了）N4	208
句型175	～過ぎる（太～；過度～）N4	210
句型176	動詞V2やすい（容易～）N4	211
句型177	動詞V2にくい（不容易～）N4	212
句型178	い形容詞＋く＋動詞 N4	213
句型179	な形容詞＋に＋動詞 N4	214
句型180	～場合は、～（當～時，就～）N4	215

句型181 ～のに（竟然～；但卻～）N4 ··· 216

句型182 ～ところだ（做～的時候）N4 ·· 217

句型183 名詞＋ばかり（光是～）N4 ··· 219

句型184 動詞－て＋ばかり（光只做～）N4 ··· 220

句型185 動詞－た＋ばかり（才剛～）N4 ··· 221

句型186 ～によると、～そうだ（根據～，好像～）N4 ························· 222

句型187 動詞（さ）せる（讓〇〇做～）N4 ··· 223

句型188 使役動詞て　いただけませんか（可否讓我～）N4 ··············· 225

句型189 動詞（さ）せられる（被迫～；被〇〇強迫做～）N4 ············ 226

句型190 尊敬語 N4 ·· 228

句型191 お動詞V2ください（請～）N4 ·· 231

句型192 お＋名詞 N4 ·· 232

句型193 謙讓語 N4 ·· 233

句型194 お動詞V2いたす（＊謙讓語動詞）N4 ····································· 236

句型195 名詞/な形容詞　でございます（是～）N4 ····························· 237

句型196 ございます（有～）N4 ··· 238

句型197 （お）い形容詞ございます（＊形容詞的鄭重用法）N4 ······ 239

句型198 ～ちゃ N4 ·· 241

句型199 ～ちゃう/じゃう N4 ·· 242

句型200 ～なきゃ N4 ·· 243

加強印象，總整理28助詞

助詞01 か ··· 246

助詞02 が ··· 246

助詞03	かい	……	247
助詞04	から	……	247
助詞05	ぐらい（大約、大致）	……	248
助詞06	ころ（大約）	……	248
助詞07	し	……	248
助詞08	～しか～ない/ません（只有）	……	248
助詞09	だい	……	249
助詞10	だけ（只有）	……	249
助詞11	で	……	249
助詞12	でも	……	250
助詞13	と	……	250
助詞14	とか（～或～或；～啦～啦）	……	251
助詞15	など（～等 ＊表列舉）	……	251
助詞16	に	……	251
助詞17	の	……	252
助詞18	～ので（因為）	……	252
助詞19	のに（竟然還～；但是卻～）	……	252
助詞20	は	……	253
助詞21	ばかり	……	253
助詞22	へ （往～；朝～）	……	253
助詞23	ほど（大約；大概）	……	254
助詞24	まで（到～前；到～為止）	……	254
助詞25	も	……	254
助詞26	～や～や～など（A啦B啦～等 ＊表列舉）	……	255
助詞27	より（比○○～）	……	255
助詞28	を	……	255

Part ①

日常會話，
不可缺200句型

在最短時間內從200句型
開口說日語！

句型 001 　AはBです。（A是B。）

文型這樣用

❶.「は」是助詞，用以提示句子中的主詞A。

❷.「です」（助動詞）則表示肯定語氣。中譯為：是。

例文

①. 私は田中です。（我是田中。）

②. これは辞書です。（這是字典。）

會話開口說

自己紹介。（自我介紹。）

陳：「はじめまして。わたしは　陳です。台湾から　来ました。

　　　どうぞ　よろしく　お願いします。」

（初次見面。我姓陳，從台灣來的。請多多指教。）

田中：「はじめまして。わたしは　田中です。日本から　来ました。

　　　　こちらこそ　どうぞ　よろしく　お願いします。」

（初次見面。我姓田中，從日本來的。彼此彼此，也請多多指教。）

單字帳

☞ 辞書	字典	☞ 自己紹介	自我介紹
☞ はじめまして	初次見面	☞ 地名 から　来ました	從 地名 來的
☞ どうぞ	請	☞ よろしく	多多指教
☞ お願いします	麻煩；拜託	☞ お名前は〜	您貴姓
☞ 張	張	☞ 鈴木	鈴木
☞ 黄	黃	☞ 趣味	興趣
☞ アメリカ	美國	☞ カナダ	加拿大
☞ イギリス	英國	☞ フランス	法國

句型 002

AはBでは　ありません。
AはBじゃ　ありません。（A不是B。）

文型這樣用

❶.「～では　ありません」、「～じゃ　ありません」前面接名詞。這兩個句型都是用來表示否定語氣。中譯為：不是。
　※「～じゃ　ありません」是口語用法。
❷.例文中的①，田中さん的「～さん」是對人的敬稱。中譯為：～先生；～小姐。
❸.例文中的②，「今日は」中的「は」為助詞，用來表示強調語氣。

例文

①.田中さんは　学生では　ありません。（田中先生不是學生。）
②.今日は　いい天気じゃ　ありません。（今天不是好天氣。）

會話開口說

新しい仕事について。（關於新工作。）

A：「新しい仕事は　どうですか。」（新的工作如何呢？）

B：「そうですね。毎日　忙しいですよ。楽な仕事じゃ

ありませんね。」（嗯，每天都很忙碌啊。不是一件輕鬆的工作啊。）

A：「そうですか。じゃ、頑張って　ください。」（這樣子啊，那請加油。）

B：「はい。頑張ります。」（是的。我會加油。）

單字帳

☞ 新しい	新的	☞ 仕事	工作
☞ ～について	關於～	☞ どうですか	如何呢？
☞ 忙しい	忙碌的	☞ 楽（な）	輕鬆的
☞ 頑張って　ください	請加油	☞ 頑張ります	我會加油

PART1 日常會話，不可缺200句型

句型 003　ＡはＢですか。（A是B嗎？）

文型這樣用

這個句型是「ＡはＢです」的疑問句，「か」為終助詞，置於語尾表示疑問語氣。中譯為：「〜嗎？」

例文

①. 田中さんは会社員ですか。（田中先生是公司職員嗎？）
②. 今年の冬は　寒いですか。（今年的冬天會冷嗎？）

會話開口說 😊

これから　会社ですか。（現在要去公司是嗎？）

楊：「橋本さん、おはよう　ございます。」（橋本小姐，早安。）

橋本：「あ、楊さん、おはよう　ございます。」（啊，楊先生，早安。）

楊：「橋本さんは　これから　会社ですか。」
　　（橋本小姐現在要去公司是嗎？）

橋本：「はい、そうです。楊さんは？」（是，是的。楊先生呢？）

楊：「会社へ　行く前に、公園へ　散歩に　行きます。」
　　（去公司之前，我先去公園散步。）

單字帳

☞ これから	現在開始	☞ 会社	公司
☞ そうです	是的	☞ 行きます	去
☞ 公園	公園	☞ 散歩	散步
☞ こんにちは	午安；你好	☞ こんばんは	晚安
☞ 銀行	銀行	☞ 学校	學校
☞ サラリーマン	上班族（男性）	☞ エンジニア	工程師
☞ 高校生	高中生	☞ 大学生	大學生

句型 004 ＡもＢです。（A也是B。）

文型這樣用

「も」為係助詞，前接名詞、代名詞、數詞等，用來表示類比的意思，中譯為：也。

例文

①. 田中さんも　会社員です。（田中先生也是公司職員。）

②. 私も　元気です。（我也很好。）

③. 去年の夏は　暑かったです。今年の夏も　暑いですね。

（去年的夏天很熱，今年的夏天也很熱啊。）

會話開口說

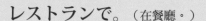

レストランで。（在餐廳。）

趙：「鈴木さん、料理は　何にしますか。」（鈴木小姐，要點什麼菜？）

鈴木：「えーと、牛丼定食です。趙さんは？」

（嗯，我要牛肉蓋飯套餐。趙先生呢？）

趙：「そうですね。何が　いいかなあ。」（是啊，點什麼好呢？）

「じゃ、私も牛丼定食に　しましょう。」

（那……我也點牛肉蓋飯套餐吧。）

單字帳

☞ 味噌ラーメン	味噌拉麵	☞ 元気	健康的；有精神的
☞ 何にしますか	要點什麼？	☞ 寿司	壽司
☞ 何が　いいかなあ	什麼好呢？	☞ 牛丼定食	牛肉蓋飯套餐
☞ 刺身	生魚片	☞ ～に　しましょう	決定～吧
☞ 寒い	寒冷的	☞ うどん	烏龍麵

これ/それ/あれ　は〜です。

（這是〜／那是〜／那是〜。）

文型這樣用

❶. **これ**：「這」。當物品是在說話者手邊或接近說話者身邊時。

❷. **それ**：「那」。當物品是在聽話者手邊或接近聽話者身邊時。

❸. **あれ**：「那 → 較遠」。當物品不在說話者或聽話者的手邊或身邊時。

例文

如：A －說話者　B －聽話者。

　①. 當 A 手中拿著照相機，A 問 B。

　A：これは　何_{なん}ですか。（這是什麼？）

　B：それは　カメラです。（那是照相機。）

　②. 當 B 手中拿著記事本，A 問 B。

　A：それは　何_{なん}ですか。（那是什麼？）

　B：これは　手帳_{てちょう}です。（這是記事本。）

如：A －說話者　B －聽話者　C －第三人，手中拿著書。

　③. 這時 A 問 B，C 手上的東西是什麼。

　A：あれは　何_{なん}ですか。（那是什麼？）

　B：あれは　本_{ほん}です。（那是書。）

會話開口說 ☺

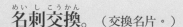

名刺交換_{めいしこうかん}。（交換名片。）

中野_{なかの}：「はじめまして。中野哲也_{なかのてつや}です。」（初次見面，我是中野哲也。）

　　　　「これは　私_{わたし}の名刺_{めいし}です。どうぞ　よろしく　お願_{ねが}いします。」

　　　　（這是我的名片，請多多指教。）

李：「はじめまして。本田商事の李です。」

（初次見面，我是本田公司的李先生。）

「これは　私の名刺です。台湾にいる　間に　何かございましたら　遠慮なく　言って　ください。」

（這是我的名片，在台灣的這段期間有任何問題請不要客氣，儘管跟我說。）

單字帳

☞ カメラ	照相機	☞ 手帳	記事本
☞ 本	書	☞ 名刺	名片
☞ 交換	交換	☞ マフラー	圍巾
☞ ハンカチ	手帕	☞ ラジオ	收音機
☞ 手袋	手套	☞ 財布	錢包

相關補充

【說明時】「どれ」：「哪一個」。＊用於問三個與三個以上東西的選擇時。

【比較時】「どちら」：「哪一個」。＊用於問兩個之中的選擇時。

例文

A：張さんの傘は　どれですか。

（張小姐的傘是哪一把？）

B：私の傘は　あの　青いのです。

（我的傘是那一把藍色的。）

A：張さんの車は　どちらですか。

（張小姐的車是哪一輛？）

B：私の車は　右のです。

（我的車是右邊那一輛。）

句型 006　この/その/あの/どの＋ 名詞 。

（這個～／那個～／那個～／哪個～。）

文型這樣用

❶. この：這個～／その：那個～／あの：那個～／どの：哪個～等的連體
詞，後面必須接續名詞才可使用。

❷. 用法與前項「これ／それ／あれ」的關係相同。

例文

A：その電子辞書は　いいですか。（那個電子辭典好嗎？）

B：はい、この電子辞書は　いいですよ。（嗯，這個電子辭典不錯哦。）

會話開口說

売店で。（在商店。）

店員：「いらっしゃいませ。」
（歡迎光臨。）

客：「すみません、そのワインを　見せて　ください。」
（不好意思，請給我看那一瓶紅酒。）

店員：「はい、どうぞ。」（好的，請。）

客：「このワインは　一本　いくらですか。」
（這瓶紅酒一瓶多少錢？）

店員：「そのワインは　一本　五千八百円です。」
（那瓶紅酒一瓶是五千八百圓日幣。）

單字帳

☞ 辞書	字典	☞ 売店	商店
☞ スーツ	西裝	☞ ハイヒール	高跟鞋

句型 007　名詞 ＋ の ＋ 名詞 。（～的～。）

文型這樣用

「の」為所有格，中譯為：～的～。

例文

①. これはコンピューターの本です。（這是電腦的書。）

②. それは　私の傘です。（那是我的傘。）

會話開口說 ☺

これは　いつの写真ですか。（這是什麼時候的照片呢？）

田中：「橋本さん、これは　橋本さんの写真ですか。」
（橋本小姐，這是橋本小姐的照片嗎？）

橋本：「はい、そうです。」
（嗯，是的。）

田中：「いつの写真ですか。」
（是什麼時候的照片？）

橋本：「あ、それは　大学時代の写真ですよ。」
（啊，那是大學時期的照片喔。）

田中：「そうですか。今と　あまり　変わりませんね。」
（這樣啊，跟現在沒什麼兩樣耶！）

單字帳

☞ コンピューター	電腦	☞ 傘	傘
☞ いつ	什麼時候	☞ 写真	照片
☞ 大学時代	大學時期	☞ あまり～ません	不太～
☞ 変わりません	沒有改變	☞ 子供のとき	小時候
☞ 歌	歌曲	☞ 誰の小説	誰的小說

句型 008

ここ/そこ/あそこ　は　場所　です。

（這裡／那裡／那裡是～。）

文型這樣用

❶. ここ：「這裡」。地點靠近說話者的位置時，或指與聽話者共同存在的地點，如例文①、②。

❷. そこ：「那裡」。地點靠近聽話者位置時，如例文③。

❸. あそこ：「那裡」。地點皆不靠近說話者與聽話者的位置時，如例文④。

❹. どこ：「哪裡」。

例文

①. ここは　私の仕事部屋です。（這裡是我的工作室。）

②. ここは　私の席です。（這裡是我的座位。）

③. 新聞は　そこです。（報紙在那邊。＊B指著聽話者A的方向說）

④. 公衆電話は　あそこですよ。（公共電話在那邊哦。＊B指著A與B以外的地點說）

會話開口說

席は　どこですか。（座位在哪裡？）

A：「すみません。田中さんの席は　どこですか。」
（請問一下，田中先生的位子在哪裡？）

B：「田中さんですか。あそこです。」（田中先生是嗎？在那裡。）

A：「あ、どうも。」（啊，謝謝。）

單字帳

☞ 仕事部屋	工作室	☞ 席	座位
☞ 新聞	報紙	☞ ～の	～的（所有格）
☞ 公衆電話	公共電話	☞ どうも	謝謝

句型 009

こちら/そちら/あちら/どちらは 場所 です。（這裡／那裡／那裡／哪裡是～。）

文型這樣用

❶. 是「ここ、そこ、あそこ」在語氣表達上更為禮貌的用法。

❷. 表示方向。中譯為：這邊、那邊、那邊、哪邊。

例文

①. こちらは　部長の席です。（這裡是部長的位子。）

②. A：南は　どちらですか。（南邊是在哪邊呢？）

　　B：こちらですよ。（是這邊哦。）

會話開口說 ☺

レストランで。（在餐廳。）

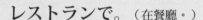

店員：「いらっしゃいませ。何名様でしょうか。」
（歡迎光臨，請問幾位呢？）

客：「二人です。」（兩個人。）

店員：「はい、こちらへ　どうぞ。」（好的，這邊請。）

― ― ― ― ― ― ― ― ― ― ― ― ― ― ― ―

店員：「こちらで　よろしいでしょうか。」（這裡好嗎？）

客：「はい、いいです。」（好，可以。）

單字帳

☞ 部長	部長	☞ 南	南邊
☞ レストラン	餐廳	☞ いらっしゃいませ	歡迎光臨
☞ 何名様でしょうか	幾位呢	☞ 二人	兩個人
☞ よろしい	好的	☞ 東	東邊
☞ 北	北邊	☞ 西	西邊

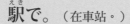

句型 010

場所・物・人 は　ここ/そこ/あそこです。（～在這裡／那裡／那裡。）

文型這樣用

此句型用來表示某場所、東西、人物在某處。同句型008用法。

例文

①.受付は　あそこです。（櫃台在那裡。）
②.課長の席は　そこです。（課長的座位在那裡。）

會話開口說 ☺

駅で。（在車站。）

橋本：「すみません、2番出口は　どこですか。」
（請問一下，二號出口在哪裡？）

駅員：「2番出口ですか。あそこです。」（二號出口嗎？在那裡。）
「あの自動販売機の右側です。」（在那台自動販賣機的右邊。）

橋本：「そうですか。わかりました。」（這樣啊，我知道了。）
「どうも　ありがとう　ございました。」（非常感謝。）

駅員：「いいえ。どういたしまして。」（不會，不客氣。）

單字帳 🐱

☞ 受付	櫃台	☞ 駅	車站
☞ 出口	出口	☞ 自動販売機	自動販賣機
☞ 右側	右邊	☞ そうですか	這樣啊
☞ わかりました	知道了	☞ どういたしまして	不客氣
☞ 左側	左邊	☞ トイレ	廁所
☞ バス停	公車站	☞ パン屋	麵包店

CD ▶ 010

動詞V₂ ＋ます/ません/ました/ませんでした。

（做／沒做／做過／沒做過。）

文型這樣用

此篇是動詞敬體時態的用法（禮貌語氣），依序為現在（未來）肯定、現在（未來）否定、過去式肯定、過去式否定。

各類動詞的變化如下表：

詞類	規則	例
動五／Ⅰ	会う → 会~~う~~います（「う」段音改成い段＋ます）	会います
動一／Ⅱ	起きる → ~~る~~＋ます（去掉る＋ます）	起きます
力変／Ⅲ	来る　就是	来ます
サ変／Ⅲ	する　就是	します

※ ます的各時態

V-ます／現在（未來）肯定	V-ません／現在（未來）否定
働きます（工作）	働きません（不工作）
V-ました／過去式肯定	**V-ませんでした／過去式否定**
働きました（工作了）	働きませんでした（沒工作）

例文

①. あした　働きません。（明天不工作。）

②. 毎日　働きます。（每天都工作。）

③. きのう　働きませんでした。（昨天沒工作。）

④. ニュースを見ます。（看新聞。）

⑤. 朝のニュースを見ました。（看了早上的新聞。）

⑥. 一昨日、ニュースを見ませんでした。（前天沒有看新聞。）

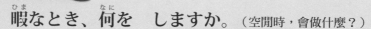

會話開口說 ☺

暇なとき、何を　しますか。（空閒時，會做什麼？）

李：「山田さん、暇なとき　何を　しますか。」
（山田先生，空閒時都在做什麼？）

山田：「暇なとき　勉強します。それから　オンラインゲームを
します。」（有空的時候都在讀書，然後玩網路遊戲。）

李：「そうですか。山田さんは　ゲームが　上手ですか。」
（是嗎？山田先生玩遊戲很厲害嗎？）

山田：「まあ、上手だとは　言えませんが、ゲームをするのは
面白いですから、　好きです。」
（這個嘛……不能說很厲害，但是玩遊戲很有趣，所以很喜歡。）

「李さんは　オンラインゲームを　しますか。」
（李小姐玩網路遊戲嗎？）

李：「そうですね。忙しいですが、たまには　します。」
（嗯……雖然很忙，但是偶爾還是會玩一下。）

山田：「じゃ、今度　一緒に　しましょう。勝負しましょう。」
（那麼，下次一起玩，一較高下吧。）

李：「ええ、いいですよ。」（嗯，好啊。）

單字帳

☞ 働きます	工作	☞ あした	明天
☞ 毎日	每天	☞ 暇（な）	有空的；空閒的
☞ 何を　しますか	做什麼？	☞ 勉強します	讀書
☞ それから	然後	☞ オンラインゲームを　します	玩網路遊戲
☞ 上手	（能力）好；厲害	☞ ～とは　言えません	不能說～
☞ テレビゲーム	電視遊戲	☞ 今度	這次；下次
☞ 一緒に	一起	☞ 勝負しましょう	一較高下吧

PART1 日常會話，不可缺200句型

時間 ＋ に ＋ 動詞 。 （在～時候做～。）

🐱 文型這樣用

❶. 時間 に的「に」為助詞，用來表示動作、行為發生的時間。

❷. 通常使用於「星期幾、幾點幾分、月日、生日」等較明確的時間，但是記住不使用在籠統的時間上。如：今天、明天、上午、下午、這星期、下星期、這個月、下個月等。

例文

①. 明日の朝 九時に テストを します。（明天早上九點舉行考試。）

②. 九月に 日本へ 出張に 行きます。（九月去日本出差。）

會話開口說 ☺

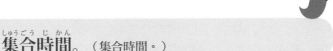

集合時間。（集合時間。）

🧒 学生：「先生、来週の月曜日から 卒業旅行ですね。」
（老師，下週一開始畢業旅行吧？）

👩‍🏫 先生：「はい。そうです。」
（是的，沒錯。）

🧒 学生：「すみませんが、校門で 何時に 集合しますか。」
（請問，幾點在校門口集合？）

👩‍🏫 先生：「朝の八時に 集合します。遅刻しないように。」
（早上八點集合，注意不要遲到。）

🧒 学生：「はい、わかりました。」（是，我知道了。）

單字帳

☞ 卒業旅行	畢業旅行	☞ 出張	出差
☞ 集合します	集合	☞ 月曜日	星期一
☞ 遅刻しない	不遲到	☞ 校門	校門

句型 013 AからBまで。（從A到B。）

文型這樣用

❶「から」表示時間、場所的起點。中譯為：從～。
❷「まで」表示時間、動作的終點。中譯為：到、為止。

例文

①. 夕べから 頭が 痛いです。（從昨天晚上開始頭痛。）
②. あした 九時から 十一時まで 部屋を 掃除します。
（明天九點到十一點要打掃房間。）

會話開口說

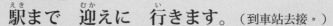

駅まで 迎えに 行きます。（到車站去接。）

山田：「もしもし、陳さん、山田ですけど。」（喂，陳先生，我是山田。）
　　　「今 台北駅の三番出口ですが。」（現在在台北車站的三號出口。）

陳：「はい、そこで ちょっと 待って いて ください。」
　　（好的，請在那裡稍等一下。）

　　「すぐ 車で 駅まで 迎えに 行きます。」
　　（馬上開車去車站接你。）

山田：「じゃ、お願いします。」（那麼，麻煩你了。）

單字帳

☞ 夕べ	昨天晚上	☞ 午後	下午
☞ 掃除します	打掃	☞ 場所まで迎えに行きます	到場所去接
☞ 今	現在	☞ すぐ	馬上
☞ 車	車子	☞ 交通工具で	利用交通工具
☞ 病院	醫院	☞ ホテル	飯店
☞ 空港	機場	☞ タクシー	計程車

句型 014

場所へ 来ます/行きます/帰ります。
（來／去／回來～。）

文型這樣用

1. 此句型用來表示來往、前進場所。

2. 「へ」為助詞，表示動作的方向、目的地，也可以用「に」替代。中譯為：往～、朝～。

例文

毎週の日曜日、家族と 教会へ 行きます。
（每週的星期天都和家人去教會。）

會話開口說

直接 レストランへ 行きます。（直接去餐廳。）

母：「武、今日の夕方、おばあちゃんが 家へ 来ますよ。」
（小武，今天傍晚奶奶要來家裡哦。）

「晩御飯は レストランで 食べますから、早く 帰って 来て。」
（因為晚餐要在餐廳吃，所以早一點回來。）

武：「じゃ、僕は 会社から 直接 レストランへ 行きます。」
（那麼，我從公司直接去餐廳。）

母：「はい。じゃ、レストランで 待ち合わせしましょう。」
（好，那就在餐廳會合吧。）

單字帳

☞ 日曜日	星期天	☞ 家族	家人
☞ 教会	教會	☞ 直接	直接
☞ 夕方	傍晚	☞ おばあちゃん	祖母；老婆婆
☞ 晩御飯	晚餐	☞ 待ち合わせしましょう	會合吧

句型 015

交通工具 で～。（搭 交通工具 。）

工具・道具 で～。（利用 工具、道具 。）

文型這樣用

助詞「で」用來表示方法、手段。中譯為：搭～；用～。

例文

① . エム・アール・ティ（MRT）で 通勤します。（搭捷運上班。）

② . 日本語で 日本人の友達と 話します。（用日文跟日本朋友交談。）

會話開口說 😊

メールで 送って ください。（請用電子郵件寄給我。）

電話で。（在電話中。）

山下：「高さん、先日 頼んだ資料、もう まとめましたか。」
（高小姐，前幾天拜託你的資料，已經整理好了嗎？）

高：「はい、もう少しで 済みますから。」（是的，還差一點就完成了。）

山下：「じゃ、資料が できたら、（電子）メールで 送って
ください。」（那麼，資料完成的話，請以電子郵件寄給我。）

高：「はい、わかりました。」（好的，瞭解了。）

山下：「じゃ、失礼します。」（那麼，再見。）

單字帳 🐱

☞ エム・アール・ティ (MRT)	捷運	☞ 通勤します	上班
☞ 電子メール	電子郵件	☞ 話します	交談
☞ 頼んだ～	請託的～	☞ 送って ください	請寄送
☞ 済みます	完成	☞ 失礼します	失禮了（再見）

句型 016 人・動物 と〜。（和人・動物〜。）

文型這樣用

助詞「と」用來表示一起參與動作的行為者。中譯為：和、跟。

例文

①. きのう　姉と　デパートへ　行きました。（昨天和姐姐去了百貨公司。）
②. 妹と　けんかを　しました。（跟妹妹吵架了。）

會話開口說 ☺

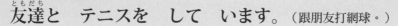

友達と　テニスを　して　います。（跟朋友打網球。）

山本：「李さんは　休日には　いつも　何を　して　いますか。」
　　　（李小姐休假日都做什麼呢？）

李：「よく　友達と　テニスを　して　います。」（常跟朋友打網球。）

山本：「そうですか。僕も　テニスが　好きです。」
　　　（這樣啊，我也喜歡打網球。）

李：「じゃ、今度　山本さんと　一緒に　テニスを　しに
　　　行きましょう。」（那麼，下次跟山本先生一起去打網球吧。）

山本：「ええ、いいですよ。楽しみです。」（嗯，好啊。很期待！）

單字帳

☞ 姉	我的姊姊	☞ けんかを　しました	吵架了
☞ 休日	休假日	☞ いつも	總是
☞ よく	常常	☞ 〜が　好きです	喜歡〜
☞ 僕	我（男性用語）	☞ 勝負	分出高下
☞ テニス	網球	☞ 兄	我的哥哥
☞ 弟	我的弟弟	☞ 親友	好朋友

句型 017

疑問詞 も 動詞V₂ ません。
疑問詞 も 動詞V₂ ませんでした。
（都不～；都沒～。）

文型這樣用

此句型用來表示完全否定。中譯為：都不～；都沒～。

例文

① 今朝から　胃の調子が　悪くて、何も　食べたく　ないです。
（今天早上開始胃就不舒服，什麼都不想吃。）

② 最近　仕事が　忙しいですから、どこも　行きませんでした。
（最近因為工作忙，哪裡都沒去。）

會話開口說 ☺

誰も行けません。（誰都沒辦法去。）

川口：「張さん、来週　展覧会が　ありますね。」
（張小姐，下禮拜有展覽吧？）

張：「はい、来週の　水曜日です。」（是的，是下星期三。）

川口：「誰か　行けますか。」（有沒有誰能去？）

張：「いいえ、みんな　忙しいですから、誰も　行けません。」
（不，因為大家都很忙，誰都沒辦法去。）

單字帳

☞ 胃	胃	☞ 調子	狀況
☞ どこも	哪裡都～	☞ 展覧会	展覽會
☞ 何も	什麼都～	☞ 水曜日	星期三
☞ 音楽会	音樂會	☞ 誰も～	誰都～

～を 他動詞 。（做～。）

文型這樣用

1. 表示做某事，主要以他動詞為主。

2. 他動詞：指人為意識上的動作、行為，且有對象（目的語），其對象（目的語）的助詞要用「を」。

例文

①. 毎朝、コーヒーを 飲みます。（每天早上都喝咖啡。）

②. 宿題を します。それから、オンラインゲームを します。
（寫作業，然後再玩網路遊戲。）

會話開口說 :)

休みを 取ります。（請假。）

島田：「あのう、きのうから ずっと 頭が ずきずき 痛いです。」
（嗯……從昨天開始頭就一直抽痛。）

課長：「大丈夫ですか。」（還好嗎？）

島田：「風邪を 引いたみたいですから、 休みを 取ります。」
（好像是感冒了，所以要請假。）

課長：「はい、いいですよ。じゃ、お大事に。」
（好的，可以啊。那麼，請多保重。）

單字帳

☞ 宿題	作業；習題	☞ 歌を歌います	唱歌
☞ ずきずき	形容抽痛的樣子	☞ 髪を切ります	剪頭髮
☞ 風邪	感冒	☞ お大事に	保重
☞ 弁当を食べます	吃便當	☞ 薬を飲みます	吃藥
☞ 本を読む	看書	☞ 手を洗います	洗手

句型 019　場所 で 他動詞 。（在～做～。）

文型這樣用

表示在某處做某事。「で」為助詞，表示動作發生的場所。

例文

①.毎朝 コンビニで 新聞を 買います。（每天早上都在便利商店買報紙。）

②.美容院で 髪を 切りました。（在美容院剪了頭髮。）

會話開口說

受付で 両替が できます。（在櫃台可以換錢。）

山本：「あのう、呉さん、今 ちょっと いいですか。」
（那個，呉先生現在方便嗎？）

呉：「はい、何ですか。」
（是的，有什麼事？）

山本：「百ドルを 円に 替えたいんですが。」
（我想把一百元美金換成日幣。）

呉：「それなら、ホテルの受付で 両替が できます。」
（那樣的話，飯店的櫃台可以換錢。）

山本：「はい、分かりました。どうも ありがとう ございました。」
（好的，我知道了。非常謝謝你。）

單字帳

☞ 前髪	瀏海	☞ 美容院	美容院
☞ 両替	換錢	☞ はさみ	剪刀
☞ 図書館	圖書館	☞ ドル	美金
☞ 車内	車裡	☞ 映画館	電影院

句型 020　場所 を　移動性自動詞 。（在～移動～。）

文型這樣用

❶. 助詞「を」的前面接場所名詞，後面接移動性自動詞，用來表示移動經過的場所。

❷. 移動性自動詞有：歩く（走；歩行）、走る（跑）、渡る（越過）、通る（經過）、曲がる（轉彎）、散歩する（散步）、飛ぶ（飛）等。

例文

①. 鳥が　空を　飛んで　います。（小鳥飛過天空。）

②. バスは　学校の　前を　通りました。（公車經過了學校前面。）

會話開口說 ☺

信号を　右へ　曲がって。（在紅綠燈向右轉。）

田中：「すみません。ここから　新光三越デパートまで　どうやって　行きますか。」（不好意思，從這裡到新光三越百貨公司要怎麼走？）

道の人：「新光三越デパートですか。ここから　まっすぐ　行って、二つ目の信号を　右へ　曲がって、200メートル　歩くと　向こう側に　あります。」（新光三越百貨公司嗎？從這裡直走，在第二個紅綠燈的地方右轉，再走200公尺，就在對面。）

田中：「はい。どうも　ありがとう　ございました。」
（好的。非常謝謝你。）

單字帳

☞ 通りました	經過了；通過了	☞ 信号	信號燈；紅綠燈
☞ デパート	百貨公司	☞ どうやって	怎麼做
☞ 二つ目	第二個	☞ まっすぐ	直直地
☞ メートル	公尺	☞ 向こう	對面

句型 021

一緒に 動詞V₂ ませんか。
（不一起～嗎？）

文型這樣用

表示提議或邀約的語氣。接續方式為： 動詞V₂ ＋ませんか。

例文

① . 一緒に ピクニックに 行きませんか。（不一起去郊遊嗎？）
② . 一緒に コーヒーを 飲みませんか。（不一起喝杯咖啡嗎？）

會話開口說 ☺

一緒に 食事を しませんか。（不一起吃個飯嗎？）

陳：「もしもし、橋本さん、陳です。おはよう ございます。」
（喂，橋本小姐，我是陳小姐。早安。）

橋本：「ああ、陳さん。おはよう ございます。」（啊，陳小姐，早安。）

陳：「橋本さん、今日のお昼、一緒に 食事を しませんか。」
（橋本小姐，今天中午不一起吃個飯嗎？）

橋本：「はい、いいですね。」（嗯，好啊。）

陳：「じゃ、12時10分に いつもの店で 会いましょう。」
（那麼，十二點十分在常去的店碰面吧。）

橋本：「はい、分かりました。」（好，知道了。）

單字帳

☞ ショッピング	購物	☞ ピクニック	郊遊
☞ 食事	用餐	☞ お昼	中午
☞ 運動します	運動	☞ 買物	購物
☞ 水泳	游泳	☞ 旅行	旅行

句型 022 　動詞V₂ ましょう。（～吧。）

文型這樣用

表示提議或附和的語氣。接續方法：動詞V₂＋ましょう。

如：行きます → 行きましょう。（去吧。）

例文

一緒に　行きましょうか。（一起去吧？）← 表示提議

→ ええ、行きましょう。（好啊，去吧。）← 表示附和

→ ええ、いいですね。（好啊，真好。）

會話開口説 ☺

一緒に　花見に　行きましょう。（一起去賞花吧。）

林：「小川さん、最近　台北の　陽明山で　梅の花が
咲きましたよ。」（小川小姐，最近台北陽明山的梅花已經開了哦。）

小川：「梅の花？見たことが　ありません。」（梅花？我沒看過。）

林：「そうですか。よかったら、来週のいつか　いっしょに
陽明山へ　花見に　行きましょう。」
（這樣啊？方便的話，下禮拜什麼時候一起去陽明山賞花吧！）

小川：「ええ、行きましょう。」（好啊，一起去吧。）

單字帳

☞ 花見	賞花	☞ 行きましょう	走吧；去吧
☞ 陽明山	陽明山	☞ 梅の花	梅花
☞ 咲きました	開（花）了	☞ よかったら	方便的話
☞ いつか	什麼時候	☞ 月見	賞月
☞ スキー	滑雪	☞ 登山	登山
☞ 結婚	結婚	☞ 来月	下個月

句型 023

AはBに 物 を さしあげる／あげる／やる。

（A（送）給B～。）

文型這樣用

【授与動詞】：日語中授與動詞的使用方式與說話者是接受恩惠的人，或是施予恩惠的人而不同。以下分項做介紹：

❶. 說話者為「施予恩惠的人」，或是說話者站在「施予恩惠的人」的角度來敘述「A（送）給B東西」。

❷. A主詞為「施予恩惠的人」。

❸.「さしあげる／あげる／やる（給）」動作的使用對象分別為：

❖ さしあげる（動五／Ⅰ）：
使用在接受恩惠的對象是輩分、地位較說話者自己高的人。

❖ あげる（動一／Ⅱ）：
使用在接受恩惠的對象是同輩分、地位與說話者自己相當的人。

❖ やる（動五／Ⅰ）：
使用在接受恩惠的對象是輩分、地位較說話者自己低的人或動、植物等。

例文

①		部長 （ぶ ちょう）			さしあげます。
②	わたしは	友達 （ともだち）	に	手帳を （て ちょう）	あげます。
③		弟 （おとうと）			やります。
④		犬 （いぬ）		肉を （にく）	やります。

（① 我送部長記事本。　② 我送朋友記事本。　③ 我給弟弟記事本。　④ 我餵小狗肉。）

PART1 日常會話，不可缺200句型

040

會話開口說 ☺

お土産を　あげます。（送伴手禮。）

藤本：「王さん、あした　暇ですか。」
（王先生，明天有空嗎？）

王：「はい、どうしてですか。」
（有的，為什麼這麼問？）

藤本：「台湾のお土産を　買いたいんですが。できたら、王さんも　一緒に　つきあって　ほしいですが。」
（因為想買台灣的伴手禮，可以的話，希望王先生可以和我一起去買。）

王：「いいですよ。誰に　お土産を　あげますか。」
（好啊，要給誰的伴手禮呢？）

藤本：「家族と　友人に　あげます。」
（給家人和朋友的。）

王：「じゃ、いい店を　案内します。」
（那帶你去不錯的店家。）

藤本：「じゃ、お願いします。」
（那麼，麻煩你了。）

單字帳

☞ 親戚	親戚	☞ 友達	朋友
☞ 暇（名）	閒暇	☞ つきあいます	陪同
☞ お土産	伴手禮	☞ あげます	給
☞ 買いたい	想買	☞ できたら	可以的話
☞ 友人	朋友	☞ 案内します	招呼；介紹
☞ プレゼント	禮物	☞ ネックレス	項錬
☞ 入場券	入場券	☞ 真珠	珍珠
☞ 指輪	戒指	☞ ケーキ	蛋糕
☞ 恋人	戀人	☞ 彼氏	男朋友

PART1 日常會話，不可缺200句型

041

句型 024　AはBに 物 を～て　さしあげる/あげる/やる。

（A為B做～。）

文型這樣用

❶. 由說話者（施予恩惠的人），或是說話者由「施予恩惠的人」的角度來敘述「A為B做某事」。

❷. A主詞為「施予恩惠的人」。

❸.「～てさしあげる／～てあげる／～てやる」動作的使用對象區別如下：

❖ 動詞－て さしあげる：
使用於接受恩惠的對象是輩分、地位較說話者自己高的人。

❖ 動詞－て あげる：
使用於接受恩惠的對象是同輩分、地位與說話者自己相當的人。

❖ 動詞－て やる：
使用於接受恩惠的對象是輩分、地位較說話者自己低的人或動、植物等。

例文

①	わたしは	部長（ぶちょう）	に	お土産（みやげ）を	買（か）ってさしあげました。
②		友達（ともだち）			買（か）ってあげました。
③		妹（いもうと）			買（か）ってやりました。
④		魚（さかな）		餌（えさ）を	買（か）ってやりました。

（① 我買土產送部長。　② 我買土產送朋友。　③ 我買土產給妹妹。　④ 我買飼料給魚。）

地図を　かいて　さしあげます。（畫地圖給您。）

ホテルの受付で。（在飯店櫃台。）

観光客：「あのう、ちょっと　聞きたいんですが。」
（那個，想請問一下。）

受付の人：「はい、何でしょうか。」
（是的，有什麼事？）

観光客：「ホテルから　台北１０１ビルまで　歩いて
行きたいんですが。」（我想從飯店步行到台北101大樓。）

受付の人：「はい、ホテルから　台北１０１ビルまで　歩いて
行きますね。」（是的，要從飯店步行到台北101大樓是嗎？）

観光客：「はい、そうです。」
（是的，沒錯。）

受付の人：「地図のほうが　わかりやすいですので、地図を　かいて
さしあげましょうか。」
（因為地圖比較好懂，我畫地圖給您吧？）

観光客：「じゃ、お願いします。」
（那麼，麻煩你了。）

單字帳

☞ 餌	飼料	☞ 地図	地圖
☞ 歩いて	步行	☞ わかりやすい	比較好懂
☞ 観光	觀光	☞ 龍山寺	龍山寺
☞ 博物館	博物館	☞ 美術館	美術館
☞ 遊園地	遊樂園	☞ 実家	老家；娘家
☞ 料理を作ります	做菜	☞ お茶を入れます	泡茶
☞ 絵	繪畫（名）	☞ 画筆	繪畫用筆

句型 025　AがBに 物 を　くださる/くれる。

（A送給B～。）

文型這樣用

❶. 此句型是說話者自己就是「接受恩惠的人」，或是說話者由「接受恩惠的人」的立場來敘述「A（送）給B東西」。

❷. A主詞為「施予恩惠的人」。

❸.「くださる/くれる（給）」動作的使用對象區別如下：

❖ くださる（動五／Ｉ）：施予恩惠的人是輩分、地位較自己高的人。

※請留意「くださる」的「ます形」是「くださいます」。

❖ くれる（動一／Ⅱ）：施予恩惠的人是與自己同輩分、地位的人，或輩分、地位較自己低的人。

例文

① 先生が せんせい				くださいました。
② 友達が ともだち	わたし	に	ペンを	くれました。
③ 弟が おとうと				くれました。

（① 老師給了我一支筆。　② 朋友給了我一支筆。　③ 弟弟給了我一支筆。）

會話開口說 ☺

これは　友達が　くれました。（這是朋友給我的。）
　　　　ともだち

鈴木：「わあ、きれいな　かばんですね。いつ　買いましたか。」
すずき　　　　　　　　　　　　　　　　　　　　　　　か
（哇，好漂亮的包包。什麼時候買的？）

山田：「いいえ、これは　友だちが　くれました。」
やまだ　　　　　　　　　とも
（不，這是朋友給我的。）

鈴木：「いいですね。羨ましいわ。」（好好喔，真羨慕。）
すずき　　　　　　　うらや

山田：「これは誕生日のプレゼントですよ。」（這是生日禮物喔。）
やまだ　　　たんじょうび

句型 026

AはBに 物 を～て くださる/くれる。（A為B做～。）

文型這樣用

1. 此句型是說話者自己是「接受恩惠的人」，或是說話者由「接受恩惠的人」的立場來敘述「A為B做某事」。

2. A主詞為「施予恩惠的人」。

3. 「くださる／くれる」動作的使用對象同前篇。

例文

① 課長が				送ってくださいました。
② 中村さんが	わたし	に	書類を	送ってくれました。
③ 後輩が				送ってくれました。

（① 課長寄了文件給我。　② 中村小姐寄了文件給我。　③ 學弟寄了文件給我。）

會話開口說 😊

先輩が教えて くださいます。（前輩教我。）

山本：「陳さん、もう 新しい会社には 慣れましたか。」
（陳先生，已經習慣新公司了嗎？）

陳：「はい、もう 慣れました。仕事が 分からないときは 先輩が 教えて くださいますから。」
（是的，已經習慣了。因為工作不懂時，前輩都會告訴我。）

山本：「それは よかったですね。」（那真是太好了。）

☞ 書類	文件	☞ ～に 慣れました	習慣了～
☞ 分からない	不懂	☞ よかったです	太好了

句型027 AはBに 物 を いただく/もらう。

（A從B那裡得到～。）

文型這樣用

1. 此句型是由說話者「接受恩惠的人」，或是說話者由「接受恩惠的人」的角度來敘述「A從B那兒得到（某物）」。

2. A主詞為「接受恩惠的人」。

3. 「いただく／もらう（得到）」的使用對象如下：
   - ❖ いただく（動五／I）：施予恩惠的人為輩分、地位較自己高的人。
   - ❖ もらう（動五／I）：施予恩惠的人為與自己同輩分、地位的人，或是輩分、地位較自己低的人。

例文

①	わたしは	部長（ぶちょう）	に（から）	ペンを	いただきました。
②		山田（やまだ）さん			もらいました。
③		弟（おとうと）			もらいました。

（① 我從部長那裡收到筆。　② 我從山田先生那裡收到筆。　③ 我從弟弟那裡收到筆。）

會話開口說

母（はは）にもらいました。（從媽媽那裡收到的。）

田口（たぐち）：「この万年筆（まんねんひつ）は どこで 買（か）いましたか。」
（這支鋼筆在哪裡買的？）

木村（きむら）：「それは 誕生日（たんじょうび）のプレゼントですよ。母（はは）に もらいました。」
（那是我的生日禮物喔。從媽媽那裡收到的。）

田口（たぐち）：「きれいですね。羨（うらや）ましいです。」
（很漂亮呢，真羨慕。）

木村（きむら）：「僕（ぼく）も、好（す）きです。」（我也喜歡。）

句型 028

AはBに 物 を～て　いただく／もらう。（A要B做～；A請B幫忙做～。）

文型這樣用

此句型是由說話者（A），或是說話者從「指示行為的人（A）」的角度敘述「A要B做～；A請B幫忙做～」。

例文

①		先生 せんせい		書いていただきました。 か
②	わたしは	西本さん にしもと	に	地図を ちず　書いてもらいました。 か
③		後輩 こうはい		書いてもらいました。 か

（① 我請老師幫我畫地圖。　② 我請西本先生幫我畫地圖。　③ 我請學妹幫我畫地圖。）

會話開口說

ちょっと　手伝って。（想請你幫個忙。）
てつだ

陳：「田中さん、今　忙しいですか。」（田中先生，現在忙嗎？）
たなか　　いま　いそが

田中：「別に。どうして　ですか。」（不會。為什麼這麼問？）
たなか　べつ

陳：「ちょっと　手伝って　もらいたいんですが。」（想請你幫個忙。）
ちん　　　　　　てつだ

田中：「はい。いいですよ。」（好，可以啊。）
たなか

單字帳

☞ 別に べつ	不會；沒有	☞ 手伝って　もらいたい てつだ	想請你幫個忙
☞ ちょっと	一點點	☞ 翻訳して　もらいたい ほんやく	想請你幫忙翻譯
☞ 傘を送ります かさ　おく	送傘	☞ 方向音痴 ほうこうおんち	路癡
☞ マップ	地圖	☞ ガイドブック	導覽書；指南書

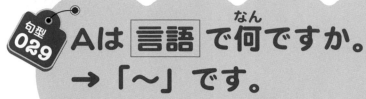

句型 029

Aは 言語 で 何ですか。
→「～」です。
（A用（某語言）怎麼說？）（是「～」。）

文型這樣用

「で」表示方法、手段。此句型使用於說明「A」在另一種語言當中怎麼說。

例文

①.「さようなら」は 中国語で 何ですか。（「再見」用中文怎麼說？）

②.中国語の「開動」は 日本語で「いただきます」です。
（中文的「開動」用日文說是「いただきます」。）

會話開口說 ☺

「出前」は 中国語で 何ですか。（「出前」用中文怎麼說？）

👦田中：「李さん、ちょっと 中国語の言葉を 教えて ください。」
（李小姐，請教我一下中文的單字。）

👧李：「はい、何ですか。」（好啊，要問什麼？）

👦田中：「日本語の『出前』は 中国語で 何ですか。」
（日文的「出前」用中文怎麼說？）

👧李：「『外送』です。」（是外送。）

單字帳

☞ いただきます	開動（吃飯時）	☞ 出前	外送
☞ 言葉	言辭；字彙	☞ ～を 教えてください	請教我／告訴我～
☞ お持ち帰り	外帶	☞ 注文	點餐；訂貨
☞ ご馳走様でした	吃飽了；謝謝招待	☞ お手洗い	廁所

PART1 日常會話，不可缺200句型

048

句型 030

もう 動詞V₂ ましたか。（已經～了嗎？）
→はい、もう 動詞V₂ ました。
→いいえ、まだです。これから～

（是，已經～了。）（不，還沒。現在才開始要～。）

文型這樣用

「もう」的中文意思為「已經～」，後文通常接過去式。

例文

もう 荷物を 送りましたか。（已經寄行李了嗎？）
にもつ おく

→ はい、もう 送りました。（是的，已經寄了。）
おく

→ いいえ、まだです。（不，還沒。）

會話開口說

もう 連絡しましたか。（已經聯絡了嗎？）
れんらく

田中：「王さん、来週の会議の時間は 変更しましたよ。」
たなか おう らいしゅう かいぎ じかん へんこう
（王先生，下星期的會議時間已經更改了哦。）

王：「はい、メールで 見ました。」（是，我在電子郵件上看到了。）
おう み

田中：「じゃ、もう 鈴木さんに 連絡しましたか。」
たなか すずき れんらく
（那麼，已經聯絡鈴木小姐了嗎？）

王：「いいえ、まだです。これから 連絡します。」
おう れんらく
（不，還沒。現在要聯絡。）

田中：「じゃ、お願いします。」（那麼，就麻煩你了。）
たなか ねが

單字帳

☞ 変更しました	更改了	☞ 送りました	寄出了
☞ ケースに入れます	裝入箱裡	☞ これから	現在開始；今後

形容詞

文型這樣用

日文中的形容詞分為「な形容詞」與「い形容詞」。

❶. な形容詞──如：真剣（認真的）、真面目（認真的）。

接名詞時，要在形容詞後加「な」。

例文

①. 桜は綺麗です。（櫻花很漂亮。）

②. 桜は綺麗な花です。（櫻花是漂亮的花。）

❷. い形容詞──如：熱い（熱的）、涼しい（涼爽的）。

接名詞時，在形容詞後直接加即可。

例文

③. 富士山は高いです。（富士山是高聳的。）

④. 富士山は高い山です。（富士山是高聳的山。）

會話開口說

いいお天気ですね。（真是好天氣啊。）

道で（在路上）

島田：「ああ、楊さん、こんにちは。」（啊，楊小姐，你好。）

「今日は　いいお天気ですね。」（今天真是好天氣啊。）

楊：「そうですね。散歩に行きたいですね。」（是啊，想去散步呢。）

單字帳

☞ 綺麗（な）	漂亮的	☞ いいお天気	好天氣
☞ 柔らか（な）	柔軟的	☞ 蒸し暑い	悶熱的
☞ 簡単（な）	簡單的	☞ まずい	難吃的

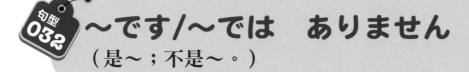

～です/～では　ありません

（是～；不是～。）

文型這樣用

接下來要為大家介紹「名詞」和「な形容詞」在接續禮貌形「です」時，表現各時態（現在式・過去式・肯定・否定）的句型。

由於「名詞」和「な形容詞」在文法上的性質是完全一樣的，因此文法上的變化也完全相同，在此一併介紹。

❶.「名詞／な形容詞」現在式：前文已介紹過為「Ａは名詞／な形容詞です」，相當於中文的「Ａ是～」。

❷.「名詞／な形容詞」現在式否定句：將現在式肯定句尾的「です」改成「ではありません」，另外較口語的說法是「じゃありません」，相當於中文的「～不是～」。

❸.「名詞／な形容詞」過去式：將現在式句尾的「です」，改為「でした」即可。

❹.「名詞／な形容詞」過去否定：在現在否定的句尾「ではありません」再加上「でした」即可。

❺.「名詞／な形容詞」疑問詞：在肯定句「～は～です。」的最後加上表示問句的疑問詞「か」，就變成了疑問句。

例文

	現在式肯定	現在式否定	過去式肯定	過去式否定
名詞	雨<ruby>雨<rt>あめ</rt></ruby>です。 是雨天。	雨<ruby>雨<rt>あめ</rt></ruby>では ありません。 不是雨天。	雨<ruby>雨<rt>あめ</rt></ruby>でした。 （那時）是雨天。	雨<ruby>雨<rt>あめ</rt></ruby>では ありませんでした。 （那時）不是雨天。
な 形容詞	暇<ruby>暇<rt>ひま</rt></ruby>です。 空閒的。	暇<ruby>暇<rt>ひま</rt></ruby>では ありません。 沒空的。	暇<ruby>暇<rt>ひま</rt></ruby>でした。 （那時）空閒的。	暇<ruby>暇<rt>ひま</rt></ruby>では ありませんでした。 （那時）沒空的。

①. 陳さんはサラリーマンです。（陳先生是上班族。）

あの女優は有名です。（那位女演員很有名。）

②. 田中さんは社長ではありません。（田中先生不是社長。）

この所は便利ではありません。（這個地方不方便。）

③. 陳さんはサラリーマンでした。（陳先生以前是上班族。）

あの女優は昔有名でした。（那位女演員以前很有名。）

④. 田中さんは昔社長ではありませんでした。（田中先生以前不是社長。）

この所は昔便利ではありませんでした。（這個地方以前不方便。）

會話開口說 ☺

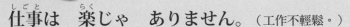

仕事は 楽じゃ ありません。（工作不輕鬆。）

山本：「陳さん、今の仕事は どうですか。」

（陳先生，現在的工作如何？）

陳：「そうですね。毎日 慌しいです。」

（嗯，每天都很匆忙。）

「前の仕事と 比べたら、今の仕事は そんなに 楽じゃ

ありませんね。」

（與之前的工作相比的話，現在的工作沒那麼輕鬆。）

山本：「陳さんなら、大丈夫ですよ。頑張って ください。」

（如果是陳先生的話，沒問題的。請加油！）

單字帳

☞ どうですか	如何	☞ 慌しい	匆忙的
☞ ～と 比べたら	與～相比的話	☞ そんなに	那麼樣的
☞ 楽（な）	輕鬆的	☞ 大丈夫（な）	沒問題的
☞ 容易（な）	容易的	☞ つまらない	無聊的
☞ 退屈（な）	無聊的	☞ 寂しい	寂寞的

句型 033 ～だ／～ではない （是～；不是～。）

文型這樣用

接下來為大家介紹「名詞」和「な形容詞」在普通形時，各時態（現在式・過去式・肯定・否定）的句型。

由於「名詞」和「な形容詞」在文法上的性質是完全一樣的，變化也完全相同，因此也一併做介紹。

❶.「名詞／な形容詞」現在式：「Ａは名詞／な形容詞＋だ」，相當於中文的「Ａ是～」。

❷.「名詞／な形容詞」現在式否定句：「Ａは名詞／な形容詞＋ではない」，另外「ではない」也可以改成「じゃない」。相當於中文的「～不是～」。

❸.「名詞／な形容詞」過去式：「Ａは名詞／な形容詞＋だった」。

❹.「名詞／な形容詞」過去否定：現在否定句中，「Ａは名詞／な形容詞＋ではない」的「ではない」改成「ではなかった」即可。

例文

	疑問句	現在式肯定	現在式否定	過去式肯定	過去式否定
名詞	雨？ 雨嗎？	雨だ。 是雨。	雨ではない。 不是雨。	雨だった。 （那時）下雨。	雨ではなかった。 （那時）沒有下雨。
な形容詞	暇？ 有空嗎？	暇だ。 有空。	暇ではない。 沒有空。	暇だった。 （那時）有空。	暇ではなかった。 （那時）沒有空。

①.陳さんはサラリーマンだ。（陳先生是上班族。）

あの女優は　有名だ。（那位女演員很有名。）

②.田中さんは　社長ではない。（田中先生不是社長。）

この所は　便利ではない。（這個地方不方便。）

③. 陳さんはサラリーマンだった。（陳小姐以前是上班族。）

あの女優は昔有名だった。（那位女演員以前很有名。）

④. 田中さんは昔社長ではなかった。（田中先生以前不是社長。）

この所は昔便利ではなかった。（這個地方以前不方便。）

會話開口說 ☺

きのうは　暇じゃなかった。（昨天可是不閒的。）

山本：「陳さん、きょうは　忙しくないの？」
（陳先生，今天不忙嗎？）

陳：「うん。きょうは　暇だよ。」
（是啊，今天比較閒喔。）

山本：「いいな。私、今日は　仕事が　いっぱいだよ。」
（真好。我今天一堆工作。）

陳：「でも、わたしも、きのうは　暇じゃなかったよ。」
（但是，我昨天也是不閒啊。）

單字帳

☞ いっぱい	一堆的；滿滿的	☞ 忙しくない	不忙
☞ スケジュール	行程表；計畫表	☞ 暇じゃなかった	沒空的
☞ ボールペン	原子筆	☞ 山ほど	如山一般的（形容多的意思）
☞ インク	墨水	☞ クレヨン	蠟筆
☞ 修正液	立可白	☞ 消ゴム	橡皮擦
☞ ノート	筆記本	☞ ルーズリーフ	活頁紙

句型034 い形容詞 ～い/～くない/～かった/～くなかった。

（很～；不～；（那時）很～；（那時）不～。）

文型這樣用

此篇為「い形容詞」（以假名い結尾的形容詞）在各時態的表現句型。

肯定句：Ａは　い形容詞。　　　　→普通形

　　　　Ａは　い形容詞＋です。→禮貌形

否定句：將い形容詞的「い」改くない，變否定。

過去式肯定：將い形容詞的「い」改かった，變過去。

過去式否定：將い形容詞的「い」改成くなかった變過去否定。

例文

	疑問句	現在式肯定	現在式否定	過去式肯定	過去式否定
い形容詞	忙しい？ 忙嗎？	忙しい 忙。	忙しくない 不忙。	忙しかった （那時）忙。	忙しくなかった （那時）不忙。

※若各時態表現句（普通形）再加上「です」就變成禮貌形了。

會話開口說 😊

高層ビルが　多いです。（高樓大廈很多。）

坂本：「この近くには　高層ビルが　多いですね。」
（這附近高樓大廈很多啊。）

木村：「そうだね。でも、五年前は　そんなに　多くなかったよ。」
（是啊。但是，五年前可沒那麼多哦。）

「そのときは、まだ　緑が　多かったよ。」
（那時候，綠色植物還很多。）

句型 035 あまり～ません。（不太～。）

文型這樣用

「あまり」為副詞，中譯為：不太～。其後接否定句。

例文

①.最近は　あまり　買い物しません。（最近不太買東西。）

②.最近は　あまり　忙しくありません。（最近不太忙。）

會話開口說

お大事に。（請保重。）

田中：「林さん、今日は　あまり　食べませんね。」
（林小姐，今天不太吃東西啊。）

「まさか、ダイエット？」（該不會在減肥吧？）

林：「違いますよ。」（不是啦。）

「実は　今朝から　胃の調子が　悪くて。」
（事實上是今天早上開始胃就不太舒服。）

田中：「そうですか。じゃ、お大事に。」
（這樣啊，那麼，請保重。）

☞ まさか	該不會；難道	☞ ダイエット	減肥
☞ 違います	不是；不對	☞ 実は	事實上
☞ 今朝	今天早上	☞ お大事に	請保重
☞ 歯	牙齒	☞ 痛い	疼痛的
☞ 足りる	足夠	☞ 気をつけて	小心；注意
☞ 耳	耳朵	☞ 肩	肩膀
☞ 腰	腰	☞ 心臓	心臟

句型 036　〜は　どうですか。（〜如何？）

文型這樣用

「どう」中譯為：如何。「どうですか」的禮貌形為：「いかがですか」。

例文

①.あしたの天気は　どうですか。（明天的天氣如何？）
②.コーヒーの味は　どうですか。（咖啡的味道如何？）

會話開口說

北海道旅行は　どうでしたか。（北海道之旅如何呢？）

橋本：「陳さん、北海道旅行は　どうでしたか。」
（陳先生，北海道旅行如何呢？）

陳：「楽しかったですよ。」（很愉快啊。）

橋本：「食べ物は？」（食物呢？）

陳：「ラーメンも　チーズケーキも　食べました。」
（拉麵和起士蛋糕都吃了。）

「どちらも　おいしかったです。」（哪一種都很好吃哦。）

單字帳

單字	中譯	單字	中譯
味	味道（味覺上的）	北海道	北海道
卒業旅行	畢業旅行	どうでしたか	如何呢（過去式）
楽しかった	愉快的（過去式）	食べ物	食物
ラーメン	拉麵	チーズケーキ	起士蛋糕
どちらも〜	任一個都〜	おいしかった	好吃（過去式）
飲み物	飲料	牛乳	牛奶
蟹	螃蟹	食べ放題	吃到飽

句型 037　どんな～ですか。（什麼樣的～呢？）

文型這樣用

「どんな」中譯為：什麼樣的。此句型的接續為：どんな＋ 名詞 ，後面接疑問句。

例文

①. 金田さんは　どんな人ですか。（金田小姐是什麼樣的人呢？）

→ やさしい人です。（是個溫柔的人。）

②. このジュースはどんな味ですか。（這杯果汁味道如何呢？）

→ ちょっと酸っぱいです。（有一點酸。）

會話開口說 😊

どんなタイプの男性が　好きですか。（喜歡什麼類型的男生？）

中村：「趙さんは　どんなタイプの男性が　好きですか。」
（趙小姐喜歡什麼類型的男生呢？）

趙：「そうですね。難しい問題ですね。」（嗯……真難的問題呢。）
「基本的には　性格が　明るくて、頭がいい人が　好きですね。」
（基本上喜歡個性開朗、腦筋好的人。）

單字帳

☞ 目がきれい	眼睛漂亮的	☞ やさしい	體貼的；溫柔的
☞ タイプ	類型	☞ 笑顔	笑容
☞ 難しい	困難的	☞ 問題	問題
☞ 基本的に	基本上	☞ 性格	個性
☞ 明るい	開朗的	☞ 頭がいい	腦筋好
☞ 背が高い	高的	☞ 活発（な）	活潑的
☞ 格好いい	帥氣的	☞ 厳しい	嚴格的

句型 038

～が、～。（雖然～，但是～。）

文型這樣用

「が」為接續詞，接在前句的句尾，表示逆接與語氣的轉折。中譯為：雖然～，但是～。

例文

①. 薬を 飲みましたが、まだ なおりません。

（雖然吃了藥了，但是還沒痊癒。）

②. あの人はハンサムですが、親切ではありません。

（那個人雖然長得帥，但是不親切。）

③. このカメラはいいですが、高いです。（這台相機雖然很好，但是很貴。）

會話開口說

最近 天気が 変ですね。（最近天氣很怪。）

中村：「最近 天気が 変ですね。」

（最近天氣很怪。）

吉村：「そうですね。私も そう 思います。」（是啊。我也這麼認為。）

「昼間は 暖かいですが、夜は まだ 寒いですね。」

（白天雖然暖和，但是晚上又冷了。）

中村：「そうですね。風邪を 引きやすい 天気ですね。」

（說的也是。是容易感冒的天氣呢。）

單字帳

☞ 薬	藥	☞ 飲みました	喝了；服了（藥）
☞ 変（な）	奇怪的	☞ 思います	想；認為
☞ 昼間	白天	☞ 暖かい	暖和的
☞ 夜	晚上	☞ 寒く なります	變冷

CD ▶ 039

句型 039 どれが 一番〜ですか。

（哪一個最〜呢？）

文型這樣用

「どれ」中譯為：哪一個。此句型用於詢問三個與三個以上的東西時。

例文

①. A：この果物の中で どれが 一番 好きですか。
　　（這些水果之中最喜歡哪一個呢？）

　　B：葡萄が 一番 好きです。（最喜歡葡萄。）

②. A：この店のかき氷は どれが 一番 人気ですか。
　　（這家店的剉冰哪一種最受歡迎呢？）

　　B：そうですね。マンゴーのかき氷ですね。（嗯，是芒果剉冰吧。）

會話開口說 ☺

どれが 一番 気に 入りましたか。（最喜歡哪一個呢？）

木村：「この中で どれが 一番 気に 入りましたか。」
　　（這之中最喜歡哪一個呢？）

山田：「ネックレスが 一番 気に 入りました。」
　　（最喜歡項鍊。）

木村：「じゃ、ネックレスの中で どれが 一番 好きですか。」
　　（那麼項鍊之中，最喜歡哪一條呢？）

山田：「この水晶ネックレスです。」（這條水晶項鍊。）

單字帳

☞ 果物	水果	☞ 葡萄	葡萄
☞ 中	裡面；之中	☞ 一番	最
☞ 気に 入りました	喜歡	☞ ネックレス	項鍊

句型 040

～が 好き/嫌い です。
（喜歡～；討厭～。）

文型這樣用

❶.「好き」中譯為：喜歡，屬於な形容詞；「嫌い」中譯為：討厭，屬於な形容詞。「嫌い」要特別留意，雖然是「い」結尾，但此字仍屬於「な形容詞」。

❷.此句型用來表示好惡，「が」為助詞，喜歡、討厭什麼，或表示能力，如什麼技能很棒（很差），這時都要用助詞「が」。

例文

①.私は 爽やかな秋が 好きです。（我喜歡清爽的秋天。）

②.数学が 嫌いです。（討厭數學。）

會話開口說 ☺

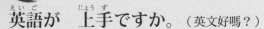
英語が 上手ですか。（英文好嗎？）

😊 山田：「郭さん、英語が 上手ですか。」（郭小姐，英文好嗎？）

😊 郭：「上手だとは 言えないんですが、好きです。」
（雖然不能說很好，但是喜歡。）

「毎日 勉強して いますから、昔より 上手になりました。」
（因為每天都有唸書，所以比以前進步。）

😊 山田：「そうですね。『好きこそ物の上手なれ』 ですね。」
（這樣啊！有興趣（再加上努力）就能做得更好。）

單字帳 🐶

☞ 爽やか（な）	清爽的	☞ 嫌い（な）	討厭的
☞ 数学	數學	☞ 言えない	不能說
☞ 上手	（能力）好的	☞ 上手になりました	變更好了

句型 041 ～が わかる。（知道～；了解～。）

文型這樣用

❶.「わかります」的動詞原形為「わかる」（動五／Ⅰ），中譯為：知道；了解；理解。

❷.「が」為助詞。表示能力的對象時，助詞用「が」。

例文

①.姉は フランス語が わかります。（姊姊懂法文。）

②.私の 言ったことが わかりますか。（我說的話聽得懂嗎？）

會話開口說

どうしても わかりません。（怎麼樣都不懂。）

橋本：「陳さん、日本語の勉強は どうですか。」
（陳先生，日文的學習如何呢？）

陳：「文法が 難しいですね。特に、動詞の変化ですね。」
（文法比較難呢，尤其是動詞變化的部分。）

「私には どうしても わかりません。」（我怎麼樣都不懂。）

橋本：「じゃ、いい本を 紹介しましょうか。」
（那麼，我介紹不錯的書給你吧。）

陳：「はい、どうも ありがとう。」（好啊，非常謝謝你。）

單字帳

☞ フランス語	法文	☞ ドイツ語	德語
☞ 文法	文法	☞ 特に	尤其是
☞ どうしても	怎麼也～	☞ 紹介しましょう	介紹吧
☞ 英語	英文	☞ 中国語	中文
☞ 授業	上課	☞ 関西弁	關西腔

句型 042 〜から、〜。（因為〜，所以〜。）

文型這樣用

❶.「から」為助詞，接在句尾，表示原因、理由。通常用於說話者比較主觀的陳述時，因此後項多出現表示主張、推測、意志、勸誘、命令、禁止、希望或疑問等的用法。

❷.接續方法：名詞、な形、い形、動詞 的普通形＋から。但也可以用於禮貌形（ます、です）表示客氣語氣。

例文

①.雨が 降り出したから、買い物を やめましょう。
（因為開始下雨了，就取消購物吧。）

②.寒いですから、窓を閉めます。（因為很冷，我要把窗戶關上。）

會話開口說 ☺

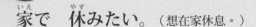
家で 休みたい。（想在家休息。）

鈴木：「山本さん、休みの日には どこかへ 行きますか。」
（山本小姐，休假日時有沒有到哪裡去走走？）

山本：「そうですね。毎日 忙しいから、休みの日には ゆっくり
家で 休みたいですね。」
（嗯，因為每天都很忙，所以休假日時就想在家好好休息。）

單字帳

☞ 台風	颱風	☞ 降り出した	（雨）下起來
☞ 梅雨	梅雨	☞ ゆっくり	慢慢地
☞ 休みの日	休假日	☞ 休みたい	想休息
☞ 連休	連續假日	☞ 休日	休假日
☞ ゴールデンウイーク	黃金週	☞ バレンタインデー	情人節

句型 043 ～が ある/いる。（有～。）

文型這樣用

❶「あります」的動詞原形「ある」（動五／Ⅰ），中譯為：有。使用於無生命體。

❷「います」的動詞原形「いる」（動一／Ⅱ），中譯為：有。使用於有生命體。

❸「が」為助詞。表示有無的對象時，助詞用「が」。

例文

①．机の上に デジカメが あります。（桌上有數位相機。）

②．池の中に 魚が います。（池塘裡有魚。）

③．どこに 子供が いますか。（小孩在哪裡呢？）

會話開口說 😊

細かいお金が ありますか。（有零錢嗎？）

陳：「今日 バスに 乗りますが、大人は 一人
台湾ドル 15元です。」（今天我們要搭公車，成人一個人台幣15元。）

山本：「はい。あのう、すみません、細かいお金が ありますか。」
（好的。嗯……不好意思，有零錢嗎？）

陳：「はい。いくら いりますか。」（有的，要多少？）

山本：「1元玉を 3個 貸して ください。」（請借我一元硬幣三個。）

單字帳 🐷

☞ デジカメ	數位相機	☞ 池	池塘
☞ ～に 乗ります	搭乘～	☞ 大人	大人；成人
☞ 一人	一個人	☞ 台湾ドル	台幣
☞ 細かい	零碎的；細小的	☞ 貸して ください	請借給我

句型 044 どうして〜。（為什麼〜？）

文型這樣用

❶. 句型用於詢問原因、理由。「どうして」多使用於日常會話的口語之中，中譯為：為什麼。

❷. 另外，「なぜ」和「なんで」也有「為什麼」的意思。「なぜ」多使用於文書或正式場合之中；「なんで」為較通俗的說法，只能用於口語會話中。

例文

どうして 遅（おく）れたんですか。（為什麼遲到了？）

→ すみません、寝坊（ねぼう）を しましたから。（抱歉，因為睡過頭了。）

會話開口說 ☺

どうして 出席（しゅっせき）できませんか。（為什麼無法出席呢？）

池田（いけだ）：「橋本（はしもと）さん、あした 会議（かいぎ）が ありますね。」
（橋本先生，明天有會議對吧。）

橋本（はしもと）：「はい。でも、私（わたし）は あした 出席（しゅっせき）できません。」
（是的。但是，我明天無法出席。）

池田（いけだ）：「どうして 出席（しゅっせき）できませんか。」
（為什麼無法出席呢？）

橋本（はしもと）：「ちょっと 用事（ようじ）がありますから。」（因為有點事情。）

單字帳

☞ 遅（おく）れた	遲到了	☞ 寝坊（ねぼう）を しました	睡過頭了
☞ でも	但是	☞ 出席（しゅっせき）できません	無法出席
☞ 用事（ようじ）があります	有事	☞ 頭（あたま）が 痛（いた）い	頭痛
☞ 事故（じこ）にあった	發生意外了	☞ 調子（ちょうし）が 悪（わる）い	狀況不好

句型 045

場所 に～が ある/いる。

（在～有～。）

文型這樣用

此句型表示某場所有某人、某事、某物。

❶.「あります」的動詞原形「ある」（動五／Ⅰ），中譯為：在。使用於無生命體。

❷.「います」的動詞原形「いる」（動一／Ⅱ），中譯為：在。使用於有生命體。

❸. 助詞「に」，用來表示存在的場所。

例文

①. 結婚式場に お客さんが 大勢 います。（結婚會場有很多客人。）

②. スーパーに いろいろな品物が あります。（在超市有各式各樣的商品。）

會話開口說 ☺

今 駅に います。（現在在車站。）

山田：「もしもし、林さん、山田です。」（喂，林先生。我是山田。）

林：「ああ、山田さん。今 どこに いますか。」
（啊，山田先生，現在在哪裡呢？）

山田：「今 西千里駅に いますよ。」（現在在西千里車站。）

林：「すぐ 迎えに 行きますから、ちょっと 待って いて
ください。」（我馬上去接你，請等一下。）

單字帳

☞ 結婚式場	結婚會場	☞ 大勢	很多的（用來形容人）
☞ いろいろ（な）	各式各樣的	☞ 品物	商品
☞ すぐ	馬上	☞ 迎えに 行きます	去接

句型 046 　〜は 場所 に〜が　ある/いる。
（〜在〜。）

文型這樣用

「に」為助詞，表示存在的場所。「ある」、「いる」的用法可參照前篇。

例文

① . コピー機は 一階に あります。（影印機在一樓。）
② . 先生は 教室に います。（老師在教室裡。）

會話開口説

駅の右側に あります。（在車站的右側。）

A：「すみません、バス停は どこに ありますか。」
（請問一下，公車站牌在哪裡？）

B：「バス停ですか。駅の右側に あります。」
（公車站牌是嗎？在車站的右側。）

A：「あのう、右側？」（嗯……右側嗎？）

B：「駅を出て、右に 曲がると、50 メートル先に バス停が
見えます。」（出車站，向右轉，往前約50公尺的地方，就看得到公車站牌。）

A：「はい。わかりました。どうも ありがとう ございました。」
（是，瞭解了。真的非常感謝。）

單字帳

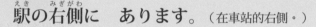

☞ コピー機	影印機	☞ 横断歩道	斑馬線；人行道
☞ 右側	右邊；右側	☞ 曲がる	轉彎
☞ 歩行者天国	人行專用道	☞ 交差点	十字路口
☞ 左側	左邊；左側	☞ プリンター	印表機

句型 047 疑問詞 も〜ません。（都不〜。）

文型這樣用

助詞「も」的前面接疑問代名詞，後面接否定句，用來表示完全否定。

例文

①. あした　誰_{だれ}も　出席_{しゅっせき}しません。（明天誰都不出席。）

②. 今朝_{けさ}　何_{なに}も　食_たべませんでした。（今天早上什麼都沒吃。）

③. 冬休_{ふゆやす}みは　どこも　行_いきたくないです。（寒假哪裡都不想去。）

會話開口說

何_{なに}も　言_いいませんでした。（什麼都沒說。）

A：「転勤_{てんきん}のこと、斉藤_{さいとう}さんに　言_いいましたか。」
（調職的事跟齊藤小姐說了嗎？）

B：「はい、言_いいました。」
（是的，說了。）

A：「斉藤_{さいとう}さんは　何_{なに}か　言_いいましたか。」
（齊藤小姐有說什麼嗎？）

B：「いいえ、何_{なに}も　言_いいませんでした。」
（不，什麼都沒說。）

單字帳

☞ 授業_{じゅぎょう}をサボる	蹺課；曠課	☞ 冬休_{ふゆやす}み	寒假
☞ 転勤_{てんきん}	調職	☞ 単身赴任_{たんしんふにん}	獨自到外地工作
☞ 夏休_{なつやす}み	暑假	☞ 春休_{はるやす}み	春假
☞ 引越_{ひっこ}し	搬家	☞ 寿退職_{ことぶきたいしょく}	因結婚而離職
☞ 離婚_{りこん}	離婚	☞ 残業_{ざんぎょう}	加班

句型 048

〜や　〜や　〜など〜。

（〜啦、〜啦、〜等。）

文型這樣用

用於表達列舉人、事、物、地點、行為時的句型。「や」為副助詞，表示列舉，「など」中譯為：〜等。

例文

①.事務室に　コピー機や　パソコンや　ファックスなどが　あります。

（辦公室裡有影印機啦、個人電腦啦、傳真機等等。）

②.量販店で　文具や　生活用品や　食材など（を）　買いました。

（在量販店買了文具啦、生活用品啦、食材等等。）

會話開口說

犬や　猫や　小鳥などのペットを飼ってはいけない。

（不可以養狗啦、貓啦、小鳥等等的寵物。）

田中：「陳さん、引越ししたんですか。」（陳小姐，搬家了嗎？）

陳：「はい、駅の近くに　引越ししました。」（是的，搬到車站附近。）

田中：「じゃ、電車に　乗るのが　便利ですね。」

（那麼，搭電車就比較方便。）

陳：「でも、犬や　猫や　小鳥などのペットを　飼っては　いけないと　大家さんが　言いました。」

（但是房東說不准養狗啦、貓啦、小鳥等等的寵物。）

單字帳

☞ 事務室	辦公室	☞ ファックス	傳真機
☞ 量販店	量販店	☞ 文具	文具
☞ 生活用品	生活用品	☞ 食材	食材

句型 049 ～とか　～とか（～啦、～啦。）

文型這樣用

❶. 表示並列的句型。「とか」表示事物或動作的並列，中譯為：～啦、～啦，如例文①、②屬於較通俗的用法，只能使用在口語會話中。

❷. 表示不確定的內容，如例文③。

❸. 接續方式：名詞／動詞普通形＋とか。在「とか」之前可以接任何詞種，包括名詞、形容詞、動詞等等，不用做變化，直接加上去就可以了。

例文

①. 雑誌を読むとか　昼寝をするとか，一日中　だらだら　過ごして　しまいました。（看看雜誌啦、睡睡午覺啦，一整天就悠閒的過了。）

②. 午後　4時に着くとか言っていたと思いますよ。（好像說下午四點會到。）

會話開口說

仕事とか　勉強とか　忙しいです。（忙於工作啦、讀書啦什麼的。）

山田：「村上さんは　最近　忙しいようですね。」
（村上先生最近很忙的樣子。）

村上：「はい。仕事とか　勉強とか　忙しいですから。」
（是啊。因為忙於工作啦、讀書啦什麼的。）

山田：「なるほど。」（原來如此。）

單字帳

☞ 昼寝をする	睡午覺	☞ 一日中	一整天
☞ だらだら	形容悠閒的樣子	☞ 過ごす（動五／I）	過（日子）
☞ 着く（動五／I）	到達	☞ なるほど	原來如此
☞ ドライブ	兜風	☞ 陶芸	陶瓷工藝
☞ 社交ダンス	交際舞	☞ ペット	寵物

句型 050

名詞 ＋ 助詞 ＋ 数量詞 ＋ 動詞

（＊運用數量詞的句型）

文型這樣用

當日文中有數量詞出現時，此文型是基本用法。

例文

①. みかんを　二つ　食べました。（吃了兩顆橘子。）
②. 台湾に　三年間　住んで　いました。（在台灣住了三年。）

會話開口說

コンビニで。（在便利商店。）

陳：「すみません。ここで　両替が　できますか。」
（請問一下，這裡可以換錢嗎？）

店員：「はい、できます。」（是的，可以的。）

（五千円札を店員に渡す）（遞給店員五千日圓紙鈔）

店員：「この五千円を両替しますか。」（這五千元要換錢是嗎？）

陳：「はい、千円札を　四枚と　五百円玉を　二つ　お願いします。」
（是的，麻煩千元鈔四張、五百元硬幣兩個。）

店員：「はい、かしこまりました。少々　お待ちください。」
（是的，暸解了。請稍等一下。）

單字帳

☞ コンビニ	便利商店	☞ 両替	換錢（名）
☞ ～札	～紙鈔	☞ 店員	店員
☞ 渡します	遞交	☞ 両替します	換錢
☞ ～枚	～張	☞ ～本／～本	～根；～瓶
☞ ～冊	～本	☞ ～杯	～杯

句型051

周期 に 頻度・次数

（＊週期內的頻率和次數）

文型這樣用

「に」為助詞，此用法表示在一個週期內所發生的頻率和次數。

例文

①. 私は 一年に 二回 日本へ 行きます。（我一年去日本兩次。）
②. 月に 三回 山登りに 行きます。（一個月去爬山三次。）

會話開口說 😊

週に 3回ぐらい。（一週約三次。）

田村：「陳さん、最近 台北市には 公立スポーツセンターが 増えて
　　　きましたね。」（陳先生，最近台北市的公立運動中心增加了呢。）

陳：「そうですね。うちの近くにも ありますよ。安くて、
　　　便利です。」（是啊。在我家附近也有哦，又便宜又方便。）
　　　「僕は よく 水泳に 行きます。」（我常去游泳。）

田村：「陳さんは 水泳が 好きですか。」
　　　（陳先生喜歡游泳嗎？）

陳：「はい。週に 3回ぐらい スポーツセンターで 泳ぎます。」
　　　（是的。一星期約去運動中心游泳三次。）

單字帳 🐷

☞ 山登り	爬山（名）	☞ ～ぐらい	大約～
☞ スポーツセンター	運動中心	☞ 泳ぎます	游泳
☞ 近く	附近	☞ 安い	便宜的
☞ よく	常常	☞ 練習	練習
☞ ボウリング	保齡球	☞ ジョギング	慢跑

 句型 052

〜だけ （盡量〜；只有〜。）

文型這樣用

「だけ」為副助詞。

❶. 表示限於某種程度，中譯為：盡量。如例句①、②。

❷. 表示限於某種範圍，中譯為：只有。如例句③。

例文

①. ほしいだけ　取って　いいですよ。（想要的就盡量拿去吧。）

②. わたしは　できるだけのことを　します。（我盡量做我能做到的。）

③. その事は　私だけが　知って　います。（那件事情只有我知道。）

會話開口說

行きの切符だけ　手に　入れました。（只買到去程的票。）

田中：「楊さん、新幹線の切符は　もう　買いましたか。」
（楊小姐，新幹線的車票已經買了嗎？）

楊：「買ったんですが、往復の切符は　もう　売り切れですから、
行きの切符だけ　手に　入れました。」
（買了，但是因為來回票都賣完了，所以只買到去程的票。）

單字帳

☞ できるだけ	盡量；盡可能	☞ 〜だけ	只有〜
☞ 知って　います	知道；認識	☞ 行きの切符	去程的票
☞ 買いました	買了	☞ 往復	往返
☞ 売り切れ	售完	☞ 手に　入れました	得手
☞ 片道	單程	☞ チケット	票
☞ 弁当	便當	☞ 果物	水果

句型 053

A場所 から B場所 まで 交通工具 で どのぐらいかかる？

（從A地到B地利用 交通工具 要花多少時間？）

文型這樣用 🐱

❶. 助詞「から」表示起點、「まで」表示終點。

❷.「で」為助詞，表示方法、手段，此處使用於搭乘交通工具。

❸.「どのくらい」中譯為：多久的時間。

❹.「かかります」的動詞原形為「かかる」（動五／Ⅰ），中譯為：花費（時間、金錢）；需要（時間、金錢）。

例文

おおさか
大阪から 東京まで 新幹線で どのくらい かかりますか。
とうきょう しんかんせん
（從大阪到東京搭新幹線需要花多久時間？）

に じ かんはん
→ 二時間半くらいかかります。（大約需要花兩個半小時。）

會話開口說 😊

に じ かん
2時間ぐらい かかります。（大約要花兩個小時。）

🧒 山田：「陳さん、台北から 高雄まで 台湾高速鉄道で どのぐらい
やま だ ちん たいぺい たか お たいわんこうそくてつどう
かかりますか。」（陳先生，從台北到高雄搭台灣高鐵要多久？）

🧑 陳：「そうですね。2時間ぐらい かかります。」（嗯，大約要兩個小時。）
ちん に じ かん

☞ ～から～まで	從～到～	☞ どのくらい	多久時間
☞ かかります	需要；花費	☞ 台湾高速鉄道	台灣高鐵
☞ バイク	摩托車	☞ 自転車	腳踏車
☞ 飛行機	飛機	☞ 船	船

句型 054　AはBより〜。（A比B〜。）

文型這樣用

此句型用於比較的表現。「より」為格助詞，用來表示比較的物件。

例文

①. エベレストは　富士山より　高いです。（珠穆朗瑪峰比富士山還高。）

②. 今年の夏は　去年より　暑いです。（今年的夏天比去年熱。）

③. テニスより　バドミントンのほうが　すこし　上手です。
（比起網球，我羽毛球比較拿手。）

會話開口說 ☺

橋本さんより　一歳年下です。（比橋本先生小一歲。）

張：「山田さん、今年　おいくつですか。」（山田先生，今年幾歲？）

山田：「三十歳です。」（三十歲。）

張：「橋本さんは？」（橋本先生呢？）

橋本：「僕は　三十一歳です。」（我是三十一歲。）

張：「じゃ、山田さんは　橋本さんより　一歳年下ですね。」
（那麼，山田先生比橋本先生小一歲啊。）

單字帳

☞ エベレスト	珠穆朗瑪峰	☞ 軽井沢	輕井澤（地名）
☞ 熱海	熱海（地名）	☞ おいくつ	貴庚；芳齡
☞ 年上	年紀大	☞ 年下	年紀小
☞ 高い	高的；貴的	☞ 低い	矮的；低的
☞ 太い	胖的	☞ 細い	瘦的；細的

句型 055

ＡよりＢ 名詞 のほうが〜。／
ＡよりＢ 動詞Ｖ ほうが〜。

（比起Ａ，Ｂ比較〜。）

文型這樣用

❶.「より」格助詞。中譯為：比起〜。

❷. 用於比較的表現，使用於兩者比較時的說法。

例文

①. 昨日<small>きのう</small>より 今日<small>きょう</small>のほうが 忙<small>いそが</small>しいです。（比起昨天，今天比較忙。）

②. バスに 乗<small>の</small>るより 歩<small>ある</small>くほうが いいです。（比起搭公車，走路比較好。）

會話開口說 😊

家事<small>かじ</small>より 仕事<small>しごと</small>のほうが 好<small>す</small>きです。（比起家事，比較喜歡工作。）

王<small>おう</small>：「藤本<small>ふじもと</small>さん、家事<small>かじ</small>と 仕事<small>しごと</small>と どちらが 好<small>す</small>きですか。」
（藤本小姐，家事和工作你喜歡哪一個？）

藤本<small>ふじもと</small>：「そうですね。家事<small>かじ</small>より 仕事<small>しごと</small>のほうが 好<small>す</small>きです。」
（嗯，比起家事我比較喜歡工作。）

「じゃ、王<small>おう</small>さんは？」（那王小姐呢？）

王<small>おう</small>：「そうですね。両方<small>りょうほう</small>とも 好<small>す</small>きですね。」（嗯，我兩個都喜歡呢。）

單字帳 📖

☞ 〜に 乗<small>の</small>る（動五／Ⅰ）	搭乘〜	☞ 歩<small>ある</small>く（動五／Ⅰ）	步行；走路
☞ 家事<small>かじ</small>	家事	☞ すき焼<small>や</small>き	壽喜燒
☞ 両方<small>りょうほう</small>	兩邊；兩方	☞ どちら	哪一個（用於兩者選擇）
☞ ラーメン	拉麵	☞ そば	蕎麥麵
☞ 豚肉<small>ぶたにく</small>	豬肉	☞ 牛肉<small>ぎゅうにく</small>	牛肉

句型 056

Ａと　Ｂと　どちらが～。

（A和B哪一個比較～。）

文型這樣用

❶.「と」為助詞，表示比較的對象。中譯為：和。

❷.你還可以回答「どちらも～」：哪一個都～；或是「両方とも～」：兩個都～。「どちら」中譯為：哪一邊、哪一個，用於兩者比較時。

例文

中華料理と　日本料理と　どちらが　好きですか。

（中華料理和日本料理喜歡哪一個？）

→ 日本料理より　中華料理のほうが　好きです。

（比起日本料理，比較喜歡中華料理。）

→ 両方とも好きです。（兩種我都喜歡。）

會話開口說 😊

どちらも　忙しいですね。（兩天都很忙啊。）

A：「橋本さん、今日と　あしたと　どちらが　忙しいですか。」

（橋本小姐，今天和明天哪一天比較忙？）

B：「そうですね。どちらも　忙しいですね。」

（嗯，兩天都很忙啊。）

「何か　用事が　ありますか。」

（有什麼事嗎？）

A：「別に　用事は　ありませんけど、もし　暇だったら、食事でも　しようかなと　思って。」

（沒什麼特別的事情，只是想有空的話一起吃個飯吧。）

B：「じゃ、しあさっては　どうですか。その日は　休みです。」

（那麼，後天如何？那天我休假。）

A：「いいですね。しあさってに　しましょう。」

（好啊，就決定後天吧。）

單字帳

☞ 中華料理	中華料理	☞ 日本料理	日本料理
☞ ハンバーガー	漢堡	☞ スパゲッティー	義大利麵
☞ 甘いもの	甜食	☞ 辛いもの	辣的食物
☞ 抹茶	抹茶	☞ ウナギ丼	鰻魚蓋飯
☞ オムライス	蛋包飯	☞ 野菜カレー	野菜咖哩
☞ 味噌汁	味噌湯	☞ 鉄板料理	鐵板料理

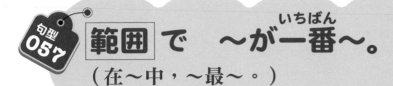

句型 057

範囲で　～が一番～。

（在～中，～最～。）

文型這樣用

此句型用於表示在限定的範圍內選出最～的。「で」為格助詞，表示範圍限定，中譯為：在。※此句型中的「が」不能換成「は」。

例文

① 会社で　山本さんが　一番　若いです。（在公司裡，山本先生最年輕。）

② 日本語の勉強で　助詞の使い方が一番覚えにくいと　思います。
（我覺得日文學習中最難背的是助詞的用法。）

③ 寿司とすき焼きと刺身のうちで、どれが　一番食べたいですか。
（在壽司和壽喜燒還有生魚片當中，你最想吃哪一種？）

會話開口說 ☺

家族で　誰が一番　背が高いですか。（在家人當中誰最高？）

近藤：「洪さん、背が　高いですね。何センチぐらいですか。」
（洪先生很高啊。大概幾公分呢？）

洪：「 175 センチです。」（一百七十五公分。）

近藤：「へえ、家族で　誰が　一番　背が　高いですか。」
（哇，你的家人裡誰最高。）

洪：「兄が　一番　高いですね。 182 センチです。」
（哥哥長得最高，有一百八十二公分哦。）

單字帳

☞ 若い	年輕的	☞ 覚えにくい	不容易記的
☞ 背が　高い	高的	☞ 背が　低い	矮的
☞ センチ	公分	☞ 兄	（我的）哥哥

句型 058 〜が 欲しい(です)。（想要〜。）

文型這樣用

表示「想要某東西」的句型。與「ほしい」連接的助詞為「が」，此句型的主語必須為第一人稱的「わたし」，或是疑問句時可以用第二人稱「あなた」。

例文

①.暑いですね。冷たいコーヒーが ほしいですね。
（好熱啊，真想來杯冰咖啡。）

②.いい友達が ほしいです。（想要有好朋友。）

③.あなたは どんな車が 欲しいですか。（你想要什麼樣的車子呢？）

會話開口說 😊

時間が 一番ほしいです。（最想要時間。）

A：「趙さん、今 何が 一番 ほしいですか。」
（趙先生，現在最想要什麼呢？）

B：「そうですね。毎日 仕事が 山ほど ありますから、時間が
一番 ほしいですね。」
（嗯，因為每天工作堆積如山，最想要時間吧。）

單字帳

☞ コーヒー	咖啡	☞ 冷たい	冰冷的；冷淡的
☞ 〜が ほしい	想要〜	☞ 山ほど	如山的（形容多的樣子）
☞ 〜から	因為〜	☞ 猫の手も借りたいほど	形容忙得團團轉
☞ カバン	包包	☞ アイフォーン	iPhone
☞ コンピューター	電腦	☞ ダイヤモンド	鑽石

句型 059 │動詞V₂│＋たい。（想要做～。＊第一人稱）

文型這樣用

❶. │動詞ます形│＋たい，此句型用來表示說話者的願望，只能於第一人稱使用。表示想要做～的語氣。

❷. 動詞變化：食べます。（吃。）→ 食べたい。（想吃。）

例文

①. 今日は　うちで　のんびり　したいです。（今天想在家悠閒地過。）

②. 今日は疲れたから、何も　したくないです。
（因為今天好累，什麼都不想做。）

希望助動詞「たい」的時態與變化

時態	現在式肯定	現在式否定	過去式肯定	過去式否定
食べます。 吃。	食べたい。 想吃。	食べたくない。 不想吃。	食べたかった。 （那時）想吃。	食べたくなかった。 （那時）不想吃。

會話開口說 :)

どこかへ　行きたいですか。（有想去哪裡嗎？）

趙：「大沢さん、今日　どこかへ　行きたいですか。」
（大澤小姐，今天有想去哪裡嗎？）

大沢：「そうですね。きのうは　台北の郊外へ　行きましたから、
今日は　台北市内の　龍山寺と　夜市へ　行きたいです。」
（嗯，因為昨天去了台北郊區，所以今天想去台北市內的龍山寺和夜市。）

單字帳

☞ 華西街	華西街	☞ 郊外	郊區；郊外
☞ 西門町	西門町	☞ 夜市	夜市

句型 060

〜を 動詞V₂ ＋たがる。

（想〜。＊第三人稱）

文型這樣用

❶. 用於表達第三人稱的希望及強烈願望。中譯為：想〜，特別使用於一般現象，如：一般女生都〜、任何人都〜、一般來說或某人總是想〜的情況敘述。

❷. 動詞變化： 動詞V₂ ＋たがる〔動五／Ⅰ〕

買います → 買いたがる。（想買。）〔動五／Ⅰ〕

例文

①. 子供は　アイスクリームを　食べたがります。（小孩子都想吃冰淇淋。）
②. 山崎さんは　いつも　人の前で　歌を　歌いたがります。
（山崎小姐總想在人前唱歌。）

會話開口說 😊

きれいな服を　着たがりますからね。（因為想穿漂亮的衣服啊。）

福山：「林さん、女性は　よく　服を　買いますね。」
（林小姐，女生常買衣服啊。）

林：「ええ、ちょっと。」（是啊，有點。）

福山：「どうしてですか。」
（為什麼啊？）

林：「女性は　誰でも　きれいな服を　着たがりますからね。」
（因為女生誰都想穿漂亮的衣服啊。）

單字帳

☞ 子供	小孩子	☞ アイスクリーム	冰淇淋
☞ ワンピース	連身洋裝	☞ ハイヒール	高跟鞋

句型 061　〜を　動詞V₂ ＋たがっている。
（想〜。 ＊第二、三人稱）

文型這樣用 🐱

❶. 表示「我」之外的其他人稱（第二、第三人稱）的希望。

❷. 動詞變化： 動詞V₂ ＋たがって　いる
　　　　　　如：買います → 買いたがって　いる。（想買。）

例文

①. うちの子供は　おもちゃを　買いたがって　います。
　　（我家的小孩想買玩具。）

②. 姉は　世界旅行に　行きたがって　います。（姊姊想去環遊世界。）

會話開口說 😊

留学　したがって　います。（想去留學。）

😊山本：「中村さんは　仕事を　やめるそうですね。」
　　　　　（聽說中村先生要辭職。）

😊張：「そうですね。」（是啊。）

😊山本：「どうしてですか。」（為什麼呢？）

😊張：「彼は　留学　したがって　いますから。」（因為他想去留學。）

單字帳

☞ おもちゃ	玩具	☞ 世界旅行	環遊世界
☞ まだ	還	☞ 仕事を　やめます	辭職
☞ 学校を　やめます	休學	☞ タバコを　やめます	戒菸
☞ フランス	法國	☞ ハワイ	夏威夷
☞ カナダ	加拿大	☞ シンガポール	新加坡

句型 062 | 形容詞＋がっている。（覺得～；感到～。）

文型這樣用

❶. 用來表示「我」之外的其他人稱的感覺。

❷. 形容詞變化如下：

【い形】悲しい去い＋がっている → 悲しがっている。（感到悲傷。）

【な形】残念 → 残念＋がっている。（感到遺憾。）

例文

鈴木さんが　寒がっていますから、クーラーを　消して　ください。

（因為鈴木小姐覺得冷，所以請關冷氣。）

會話開口說

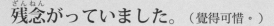

残念がっていました。（覺得可惜。）

陳：「先日、李さんは母校の大学へ　行きましたよ。」

（李小姐前幾天回大學母校了。）

山田：「じゃ、鈴木先生に　会いましたか。」

（那麼，見到了鈴木老師了嗎？）

陳：「先生は　海外旅行に　行っていたそうです。」

（聽說老師去國外旅行了。）

山田：「じゃ、きっと　残念がっていたでしょう。」

（那麼，她一定覺得很可惜吧。）

陳：「そうですね。」（是啊。）

單字帳

☞ クーラー	冷氣	☞ 母校	母校
☞ 海外旅行	國外旅行	☞ 本当に	真的
☞ 新婚旅行	蜜月旅行	☞ 悔しい	後悔

句型 063

場所へ 目的に 来る/行く/帰る。
（來／去／回去～做～。）

文型這樣用

❶. 助詞「に」表示目的。

❷.「に」的前面接名詞或動詞連用形，如「動詞V₂」：買います去ます＋に
→ 買いに。但若是「買い物」、「練習」這類含有動詞意義的名詞時，
可以直接＋「に」，如：買い物に（購物）、練習に（練習）。

例文

①. 休日には よく この喫茶店へ 食事に 来ます。
（休假日時，常來這家咖啡廳用餐。）

②. 暇なとき、紀伊国屋書店へ 本を 読みに 行きます。
（空閒時，會去紀伊國屋書店看書。）

會話開口說 😊

一緒に 買い物に 行きませんか。（要不要一起去買東西啊？）

A：「最近 デパートで バーゲンセールして いますよ。一緒に
買い物に 行きませんか。」
（最近百貨公司在拍賣哦！要不要一起去買東西啊？）

B：「ええ、いいですね。」（嗯，好啊。）

單字帳

☞ 紀伊国屋書店	紀伊國屋書店	☞ 練習	練習
☞ バーゲンセール	拍賣	☞ 免税店	免税商店
☞ 商店街	商店街	☞ 魚屋	魚店
☞ 八百屋	蔬菜店	☞ 本屋	書店

句型 064　～か、～。（＊表示不確定的語氣。）

文型這樣用

「か」為副助詞，用來表示不確定的語氣。

例文

①. 夏休みは　どこか　行きましたか。（暑假有沒有去哪裡呢？）

　　→ ええ、行きました。（嗯，有啊。）

②. どこかで　会ったような気が　します。（感覺在哪裡見過。）

③. 何か　買いましたか。（有沒有買了什麼啊？）

會話開口說

火曜日か　水曜日か……（星期二或星期三。）

鈴木：「山田さん、来週の会議は　いつですか。」
（山田先生，下週的會議是什麼時候？）

山田：「えーと、はっきり　覚えていませんが、火曜日か
　　　水曜日か……。」（嗯，不太記得了。好像是星期二或星期三。）

　　　「後で　確認してから、また　連絡します。」
（等一下確認之後，再跟你聯絡。）

鈴木：「じゃ、お願いします。」（那就麻煩你了。）

單字帳

☞ 覚えていません	不記得	☞ はっきり	清楚地
☞ 水曜日	星期三	☞ 火曜日	星期二
☞ 確認します	確認	☞ 後で	待會兒
☞ 月曜日	星期一	☞ 会議室	會議室
☞ 金曜日	星期五	☞ 木曜日	星期四
☞ 日曜日	星期日	☞ 土曜日	星期六

句型 065

動詞－て　ください。（請～。）

文型這樣用

❶ 是「希望、想讓別人為（自己）做～（某事）」的句型，是有禮貌的請求，由於帶有命令的語氣，因此對上司或長輩不宜使用。

❷ 接續方法：動詞－て ＋ください。

例文

① こちらに　お名前と　ご住所を　書いて　ください。
（請在這裡寫上姓名與地址。）

② 大きい声で　話して　ください。（請大聲說話。）

③ 静かに　して　ください。（請安靜。）

會話開口說 ☺

ちょっと　待って　ください。（請等一下。）

電話で。（電話中。）

山田：「はい。大和日本語学校です。」（喂，這裡是大和日本語學校。）

李：「もしもし、留学生の　李です。森先生、お願いします。」
（喂，我是留學生，姓李。麻煩請找森老師。）

山田：「はい、ちょっと、待って　ください。」（好的，請等一下。）

山田：「森先生、お電話です。」（森老師，您的電話。）

森：「はい、お電話　変わりました。森です。」
（喂，電話轉接了。我是森。）

單字帳 🐷

☞ ご住所　　　　您的住址　　　　☞ 留学生　　　　留學生

☞ お電話　　　　您的電話　　　　☞ 変わりました　（電話）轉接了

句型 066 動詞－て いる/います。
（正在～。）

文型這樣用

❶. 用來表現現在進行式。中譯為：正在～，如例文①。

❷. 另外也表示長期維持的習慣，或反覆進行的行為。此用法也常用以表示人的職業、身分等。如例文②～④。

例文

①. 山田さんは 今 電話を かけて います。（山田先生現在正在打電話。）

②. 毎朝 プールで 泳いで います。（每天早上都在游泳池游泳。）

③. 台北市の 松山区に 住んで います。（住在台北市松山區。）

④. 王さんは 結婚して います。（王小姐結婚了。）

會話開口說 😊

ぶらぶら して います。（在路上閒晃。）

山本：「もしもし、金さん、今 どこですか。」
（喂，金先生，你現在在哪裡？）

金：「上野に います。」（在上野。）

山本：「そこで 何を して いますか。」（在那裡做什麼？）

金：「ぶらぶら して います。」（在閒晃。）

單字帳

☞ 電話を かける	打電話	☞ プール	游泳池
☞ 地點 に 住んで います	住在～	☞ 結婚して います	結婚了
☞ ぶらぶら	形容閒晃的樣子	☞ お風呂に 入る	洗澡

句型 067 動詞－て も いい/かまわない。

（可以～；做～也沒關係。）

文型這樣用

❶. 此句型用來表現允許可以做某動作。

❷. 接續：動詞－て も いい／かまわない（かまいません）。

例文

①. 会場で 写真を 撮っても いいです。（在會場可以拍照。）

②. 昼間に コーヒーを 飲んでも かまいません。
（白天喝咖啡也沒關係。）

③. タバコを 吸っても いいですか。（請問我可以抽菸嗎？）

會話開口說 ☺

もらっても いいですか。（可以索取嗎？）

🧑 趙：「すみません、この資料は 無料ですか。」
（請問一下，這份資料是免費的嗎？）

🧑 店の人：「はい、そうです。」
（是的，沒錯。）

🧑 趙：「じゃ、二人分 もらっても いいですか。」
（那麼，可以索取兩人份嗎？）

🧑 店の人：「はい、いいですよ。どうぞ。」（是的，可以啊。請拿去。）

單字帳

☞ 昼間	白天	☞ 二人分	兩人份
☞ 無料	免費	☞ 割引	打折
☞ 有料	收費	☞ 聖書	聖經
☞ アンケート用紙	問卷調查表	☞ ゴミ箱	垃圾桶

句型 068

動詞－ない くても　いい/かまわない。

（可以不～；不做～也沒關係。）

文型這樣用

❶. 表示允許的語氣，用來表達可以不用做某動作的意思。

❷. 接續：動詞否定形＋なくても　いい／かまわない

　　如：書く → 書かない → 書かなくてもいい。（可以不寫。）

　　　　歌う → 歌わない → 歌わなくてもいい。（可以不唱。）

　　　　食べる → 食べない → 食べなくてもいい。（不吃也可以。）

例文

会議が　終わったら、会場を　掃除しなくても　いいです。まだ使いますから。（會議結束之後不打掃會場也可以，因為還要使用。）

會話開口說 😊

手伝わなくても　かまいません。（可以不幫忙。）

陳：「田中さん、仕事を　手伝わなくても　かまいませんか。」
（田中小姐，工作不幫忙你沒關係嗎？）

田中：「はい、大丈夫ですよ。もうすぐ　済みますから。」
（嗯，沒問題啦。因為快要完成了。）

陳：「じゃ、お先に　失礼します。」（那麼，我先告辭了。）

田中：「はい。お疲れ様でした。」（好的，辛苦了。）

單字帳

☞ 掃除します	打掃	☞ 使います	使用
☞ 洗濯します	洗衣服	☞ 講演会	演講
☞ お先に　失礼します	先告辭	☞ お疲れ様でした	辛苦了

句型 069 ～を持って いる/います。

（有～。）

文型這樣用

此句型用來表達擁有某事或某物。中譯為：有～。

例文

① 彼は いい仕事を 持って います。（他有一份好工作。）

② 今日 千円しか 持って いません。（今天只有一千日圓。）

會話開口說 ☺

留守番電話を 持っていますから。（因為有電話答錄機。）

高橋：「林さん、今晩 電話で 連絡します。」
（林小姐，今晚會電話跟你聯絡。）

林：「はい、もし 留守だったら、留守番電話を 持って
いますから、メッセージを 入れて ください。」
（好的。如果我不在的話，因為有電話答錄機，就請你留言。）

高橋：「はい、わかりました。」
（是的，我知道了。）

單字帳

☞ ～を持って います	擁有～	☞ 千円	一千日圓
☞ ～しか 持って いません	只有～	☞ 留守	不在家
☞ 留守番電話	電話答錄機	☞ メッセージ	留言；訊息
☞ 中	半夜	☞ 記念日	紀念日
☞ 大晦日	除夕	☞ お盆	盂蘭盆節

PART1 日常會話，不可缺200句型

091

句型 070

動詞－て は　いけない/いけません。

（不可以～；不准～。）

文型這樣用

❶. 此句型用來表達不可以或不准做某事。

❷. 接續方法：動詞－て は　いけない。

如：書く：書いて → 書いては　いけない／いけません。（不可以寫。）

歌う：歌って → 歌っては　いけない／いけません。（不可以唱。）

食べる：食べて → 食べては　いけない／いけません。（不可以吃。）

例文

①. 試験のとき、隣の人と　話しては　いけません。

（考試時，不可以跟旁邊的人交談。）

②. 駅構内で　食べ物を　食べては　いけません。（在車站內，不准吃東西。）

會話開口說 ☺

なくしては　いけません。（不可以弄丟。）

坂本：「久保田さん、A社の資料は　もう　届きましたか。」

（久保田小姐，A公司的資料已經寄到了嗎？）

久保田：「はい、今朝　届きました。」（是的，今天早上寄到的。）

坂本：「それは　大切な　書類ですから、なくしては

いけませんよ。」（因為那是重要文件，不可以弄丟哦。）

久保田：「はい、大切に　します。」（好的，我會好好保管。）

單字帳 🐼

| ☞ 駅構内 | 車站內 | ☞ 隣の人 | 旁邊的人 |
| ☞ 大切に　します | 珍惜 | ☞ 届きました | 寄達 |

句型 071

～を知って いる/います。

（知道～；認識～。）

文型這樣用

❶. 知る（動五／Ⅰ），中譯為：知道；認識。

❷. 表示知道、認識用「知って いる/います」；不知道、不認識則用「知らない／知りません」。

例文

本田さんの 誕生日を 知って います。（知道本田小姐的生日。）

會話開口說 ☺

披露宴の場所は 知りません。（不知道喜宴的場地。）

陳：「橋本さん、斉藤さんが 来月 結婚することを 知って いますか。」（橋本先生，你知道齊藤小姐下個月要結婚嗎？）

橋本：「はい、きのう 田中さんから 聞きました。」
（嗯，昨天從田中先生那裡聽說了。）

陳：「じゃ、披露宴の場所は？」
（那麼，喜宴的場地呢？）

橋本：「さあ、披露宴の場所は 知りません。」
（啊……喜宴的場地就不知道了。）

單字帳

☞ 披露宴	結婚喜宴	☞ 来月	下個月
☞ 結婚します	結婚	☞ 場所	場所；場地
☞ 知って います	知道	☞ 知りません	不知道
☞ 出張	出差	☞ 出来ちゃった結婚	奉子成婚

PART1 日常會話，不可缺200句型

093

動詞－て、動詞－て、～。

（做～，又做～。）

文型這樣用

連接時要使用動詞的「て形」。當兩個以上的動作連續發生時，按動作的先後順序用「て形」連接，句子的時態由後面的動詞時態決定。

例文

① 朝　体操をして、シャワーを浴びて、学校へ　行きます。
（早上做體操、沖個澡，就去學校了。）

② 夕べ　家へ　帰って、晩御飯を　食べて、オンラインゲームを
しました。（傍晚回家，吃了晚餐，玩了網路遊戲。）

會話開口說 😊

いろいろ　しなければ　なりません。（必須做很多事情。）

藤本：「王さん、会社で　秘書の仕事をして　いますね。」
（王小姐在公司做的是秘書工作是吧？）

王：「はい、そうです。」（是的，沒錯。）

藤本：「じゃ、仕事の　内容は。」（那工作內容呢？）

王：「毎日　書類を　まとめて、部長に　その日のスケジュールを
報告しなければ　なりません。」
（每天整理文件，還必須向部長報告當天行程。）

單字帳

☞ 体操	體操	☞ シャワー	淋浴
☞ 浴びる（動一／Ⅱ）	沖（澡）	☞ 毎晩	每天晚上
☞ 秘書	秘書	☞ ヨガ	瑜珈

句型073 　動詞－て から、～。
（做完～之後，做～。）

文型這樣用

此句型用來表達動作的前後關係。中譯為：做完某事之後，再做某事。

例文

① 仕事が　終わってから、中華料理屋で　食事を　しました。
（工作結束之後，在中華料理餐廳吃了飯。）

② 友だちに　連絡してから、出かけました。（和朋友聯絡之後，就出門了。）

③ 先生が来てから、食事を　始めましょう。（老師來了之後再開始用餐吧！）

會話開口說

卒業してから、何を　したいですか。（畢業之後，想做什麼？）

呉：「山田さん、大学を　卒業してから、何を　したいですか。」
（山田同學，大學畢業後想做什麼？）

山田：「そうですね。仕事を　見つけてから、働きます。」
（嗯……，找份工作之後，上班。）

「呉さんは　何を　したいですか。」
（那呉同學畢業後想做什麼呢？）

呉：「そうですね。まだ　決めて　いません。」（嗯，還沒決定。）

單字帳

☞ 食事を　します	吃飯	☞ 大学	大學
☞ 卒業します	畢業	☞ 高校	高中
☞ 仕事を　見つけます（動一／Ⅱ）	找工作	☞ まだ　決めていません	還沒決定
☞ 保母	保母	☞ スチュワーデス	空姐
☞ 小学校	小學	☞ 幼稚園	幼稚園

名詞A は 名詞B が～です。

（A的B是～。）

文型這樣用

❶ 名詞A 為句子主要主詞，助詞「は」用以提示主要主詞。

❷ 名詞B 為狀態的主詞，助詞「が」用以提示狀態主詞。

例文

① 大阪は 食べ物が おいしいです。（大阪的食物好吃。）

② 鈴木さんは 髪が 長いです。（鈴木小姐的頭髮是長的。）

會話開口說

部屋は 日当たりが いいです。（房間的採光很好。）

田中：「林さん、最近 忙しいですか。」（林先生，最近忙嗎？）

林：「ええ、部屋を 探していましたから、この2，3日に 引越ししなければ……。」

（是的，因為已經找房子，所以這兩、三天必須搬家。）

田中：「そうですか。新しい部屋は どうですか。」

（是嗎？新的房子如何？）

林：「部屋は 日当たりが いいです。」（房間的採光很好。）

單字帳

☞ 髪	頭髮	☞ 長い	長的
☞ 探します（動五／I）	尋找	☞ 引越します（動五／I）	搬家
☞ 新しい	新的	☞ 日当たりが いい	採光好
☞ 広い	寬廣的	☞ 交通	交通
☞ 静か（な）	安靜的	☞ 景色	風景

句型 075 | い形容詞 **くて、〜。** （既〜又〜。）

文型這樣用

❶. い形容詞的「て形」是將「〜い」改成「くて」，用於連接句子。

❷. 變化式為將「い形容詞」的い → くて，如：おいし → おいしくて。
（既好吃〜）＊要特別注意，いい → よくて。

例文

①. 私は 頭が よくて、性格が いい人が 好きです。
（我喜歡頭腦好，個性又好的人。）

②. 田舎は 広くて、空気が いいです。（鄉下既寬闊，空氣又好。）

會話開口說 ☺

軽くて、持ちやすいのを 買いたいです。（想買輕巧且好攜帶的。）

山田：「来月 海外旅行に 行きます。」（下個月要去國外旅行。）

福山：「いいですね。」（真好啊！）

山田：「ですから、スーツケースを 買わなければ なりません。」
（因此必須要買行李箱。）

福山：「どんなスーツケースを 買いたいですか。」
（想買什麼樣的行李箱呢？）

山田：「軽くて、持ちやすいのを 買いたいです。」
（想買輕巧又好攜帶的。）

單字帳

☞ 性格	個性	☞ 軽い	輕的
☞ スーツケース	行李箱	☞ 持ちやすい	好拿的
☞ 手荷物	隨身行李	☞ 重い	重的
☞ 新しい	新的	☞ 古い	舊的

句型 076

名詞 で、〜。（是〜是〜；因為〜。）

文型這樣用

此為連接名詞的句型。

❶. 表示中頓的語氣，如以下例文①。

❷. 表示並列：是〜是〜，如以下例文②。

❸. 表示原因（人為無法控制的因素），如以下例文③。

例文

①. 兄は 高校二年生で、妹は 中学一年生です。
（哥哥是高中二年級生，妹妹是國中一年級生。）

②. トムさんは アメリカ人で、大学生です。
（湯姆先生是美國人，是大學生。）

③. 事故で、電車が 止まりました。（因為車禍，電車停駛了。）

會話開口說

朝寝坊で、会議の時間に 遅れて しまったんです。

（因為睡過頭，在開會時間遲到了。）

長門：「今朝 部長に 叱られたんですよ。」（今天早上被部長罵了。）

橋本：「そうですか。どうしてですか。」（是嗎？為什麼？）

長門：「朝寝坊で、会議の時間に 遅れて しまったんです。」
（因為睡過頭，在開會時間遲到了。）

橋本：「へえ、じゃ、大変じゃないですか。」（咦，那不是很糟糕嗎？）

單字帳

☞ ブラジル人	巴西人	☞ イギリス人	英國人
☞ 医者	醫生	☞ 看護婦	護士
☞ コック	廚師	☞ 探偵	偵探

な形容詞 で、～。（既～又～。）

文型這樣用

な形容詞的「て形」是「で」，用以連接句子。

例文

①. 宅配便は 便利で、速いです。（宅配既方便又快速。）

②. 彼は 親切で、礼儀が 正しい人です。（他是既親切又有禮貌的人。）

會話開口說

きれいで、生まれつき楽観的だから。（因為既漂亮又天生樂觀。）

A：「どうして 彼女は 皆に 好かれるんですか。」
（為什麼她被大家喜歡呢？）

B：「そうですね。たぶん きれいで、生まれつき楽観的だから、
皆に 好かれるんでしょう。」
（說的是啊，大概因為她既漂亮又天生樂觀，所以被大家喜歡吧。）

A：「そうかも しれませんね。」
（也許是那樣呢。）

單字帳

☞ 宅配便	宅配	☞ 速い	快速的
☞ 礼儀が 正しい	有禮貌的	☞ 彼女	她；女朋友
☞ ～に 好かれます	被（某人）喜歡	☞ 生まれつき	與生俱來
☞ 楽観的	樂觀的	☞ そうかも しれません	也許是那樣
☞ 悲観的	悲觀的	☞ 明らか（な）	明顯的；顯然的
☞ 鮮やか	鮮明的	☞ 綺麗（な）	漂亮的
☞ 上手	拿手的	☞ 下手（な）	不拿手的

句型078

場所 まで どうやって 行きますか。（到～怎麼去？）

文型這樣用

「どうやって」中譯為：如何做、怎麼做。

例文

①. 田中さんの家まで　どうやって　行きますか。（到田中先生家要怎麼去？）
②. 新宿から　日暮里まで　どうやって　行きますか。
（從新宿到日暮里怎麼去？）

會話開口說 😊

どうやって　行きますか。（要怎麼去？）

田中：「楊さん。」（楊小姐。）

楊：「はい、何ですか。」（是的，什麼事？）

田中：「あのう、中正記念堂へ　行きたいんですが、どうやって　行きますか。」（嗯……我想去中正紀念堂，要怎麼去？）

楊：「中正記念堂なら　エムアールティー淡水線の　電車に　乗って、中正記念堂駅で　降りて　ください。」
（中正紀念堂的話，搭捷運淡水線的電車，請在中正紀念堂站下車。）

單字帳 🐱

☞ 中正記念堂	中正紀念堂	☞ エムアールティー	捷運（MRT）
☞ 淡水線	淡水線	☞ ～で　降りてください	請在～下車
☞ 台中駅	台中車站	☞ 台北駅	台北車站
☞ 屋台	攤販	☞ スーパーマーケット	超級市場

句型 079

こんな/そんな/あんな/どんな～。

（這樣的；那樣的；那樣的；什麼樣的～。）

文型這樣用

❶. こんな　這樣的

「このような」的口語表現。中譯為：像這樣子的～。

❖ 指說話者現在所處的狀況，或其身旁的人面臨的事態。如例文①。

❖ 指說話者身邊，或如說話者手上所擁有的東西的樣子。如例文②。

例文

①. 彼女（かのじょ）が　こんな人（ひと）とは　思（おも）いませんでした。（沒想到她是這樣的人。）

②. こんな帽子（ぼうし）が　ほしいです。（我想要這種款式的帽子。）

會話開口說 ☺

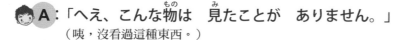

こんな物（もの）は　見（み）たことが　ない。（沒看過這種東西。）

A：「へえ、こんな物（もの）は　見（み）たことが　ありません。」
（咦，沒看過這種東西。）

B：「そうですね。珍（めずら）しいですね。私（わたし）も　初（はじ）めてですよ。」
（是啊，好稀奇哦。我也是第一次看到。）

單字帳

☞ 帽子（ぼうし）	帽子	☞ ～が　ほしい	想要～
☞ 珍（めずら）しい	稀奇的；珍貴的	☞ 初（はじ）めて	第一次
☞ 特別（とくべつ）	特別的	☞ 二回目（にかいめ）	第二次
☞ アルバム	專輯；相簿	☞ 新奇（しんき）	新奇的
☞ 腕時計（うでどけい）	手錶	☞ イヤリング	耳環
☞ ソファー	沙發	☞ コーヒーマシン	咖啡機

❷.そんな　那樣的

「そのような」的口語表現。中譯為：像那樣子的～。

❖ 指聽話者現在所處的狀況，或其身旁的人面臨的事態。

❖ 指聽話者身邊或聽話者手上有的東西的樣子。

例文

①.彼は　正直な人ですから、そんな事を　するはずは　ありません。
　（因為他是個誠實的人，應該不會做那樣的事。）

②.私も　そんな腕時計が　ほしいです。（我也想要（你）那樣的手錶。）

會話開口說 ☺

そんな話は　聞いたことが　ありません。（沒聽過那樣的事。）

Ⓐ：「ねえ、鈴木さんは　仕事を　やめるそうですよ。」
　（喂，聽說鈴木要辭職哦。）

Ⓑ：「えっ、そんな話は　聞いたことが　ありませんよ。」
　（咦，沒聽過那樣的事啊。）

＊慣用法

「そんなに～ない」＝「あまり～ない」（不是那麼樣地～。）

その映画、そんなに　好きじゃ　ありません。（那部電影我不是那麼喜歡。）

單字帳 😊

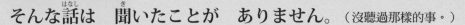

☞ 正直（な）	誠實的	☞ 料理	料理
☞ 食器	餐具	☞ コーヒーカップ	咖啡杯
☞ 関係	關係	☞ 若者	年輕人
☞ コンサート	演唱會	☞ デザイン	設計
☞ 出来事	事件	☞ 玉石	寶石
☞ 非常口	緊急出口	☞ ロッカー	寄物櫃

❸. あんな 那樣的

あんな →「あのような」的口語表現。中譯為：那個樣子的～。

❖ 指說話者和聽話者同時知道的人或事物的狀況。

❖ 指說話者和聽話者同時都看得見的人或事物的樣子。

例文

①. あんな人とは 二度と 話したくない。（不想再跟那樣的人說話了。）

②. あそこに かけてあるコート、私、あんなコートが 好きです。
（掛在那邊的大衣，我喜歡那樣的大衣。）

會話開口說 ☺

> あんな人は めったに いない。（那樣的人很少有的。）

A：「彼は 本当に けちですね。」
（他真的很小氣啊！）

B：「あんな人は めったに いないよ。」（那樣的很少有的。）

單字帳

☞ かけて ある	掛著的	☞ けち（な）	小氣的
☞ めったに～ない	少見的～	☞ 贅沢（な）	豪華的；奢侈的
☞ 嘘	謊言	☞ スタイル	身材
☞ 店	店家	☞ 行動	行動
☞ 姿	姿態	☞ 地味（な）	樸素的

學習小貼士 🐱

日語中常見的副詞，其各自表示的頻率大致如下：

いつも：約100%	よく：約70%
たまに：約20%	全然～ません：0%
あまり～ません：10%	

❹. どんな　怎麼樣的；什麼樣的

どんな →「どのような」的口語表現。中譯為：怎麼樣的～。

①. どんな食べ物が　好きですか。（喜歡什麼樣的食物？）

②. どんなスポーツを　して　いますか。（有在做什麼運動嗎？）

會話開口說 :)

どんな人と　友達に　なりたいですか。

（想跟什麼樣的人當朋友呢？）

A：「どんな人と　友達に　なりたいですか。」
（想跟什麼樣的人當朋友呢？）

B：「素直で、明るい人ですね。」
（率直又開朗的人啊。）

☞ 素直（な）	率直的		☞ ～に　なりたい	想成為～
☞ 甘い	甜的		☞ 明るい	開朗的
☞ 苦い	苦的		☞ 髪型	髮型
☞ クラスメート	同學		☞ 辛い	辣的；辛苦的
☞ 臆病	膽怯的		☞ バター	奶油
☞ 趣味	嗜好		☞ 同僚	同事
☞ 興味	對～感興趣		☞ 照れ屋	容易害羞的人

句型 080

動詞-ない で ください。

（請不要～。）

文型這樣用

是「～てください」的否定形式，前面要接動詞的否定形，用來表示請求對方不要做某事。如：

書く：書かない → 書かないでください。（請不要寫。）

話す：話さない → 話さないでください。（請不要說。）

例文

①. 辛いものは 食べないで ください。（請不要吃辣的食物。）

②. 食事中、話さないで ください。（用餐中，請不要說話。）

會話開口說 😊

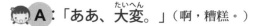

諦めないで ください。（請不要放棄。）

A：「ああ、大変。」（啊，糟糕。）

B：「どうしたんですか。」（怎麼了？）

A：「仕事が まだ いっぱい 残って います。」
（工作還剩一堆。）

B：「諦めないで ください。最後まで 頑張って。」
（請不要放棄，要加油到最後。）

A：「はい、頑張ります。」（是，我會努力的。）

單字帳

☞ 残って います	剩餘	☞ 食事中	用餐中
☞ 甘党	愛吃甜食的人	☞ 諦めないで	別放棄
☞ 最後まで	直到最後	☞ たっぷり	滿滿的

名詞/な形容詞 で (は) なければ ならない/なりません。（必須是～。）

文型這樣用

「名詞／な形容詞＋で（は）なければ　ならない／なりません」這個句型用來表達「必須、不可不、非～不可」的意思。多用於根據法律、習慣、規定、道德規範所應盡的義務，注意無關個人意志。

例文

① 試験で　使う鉛筆は　2B のでなければ　なりません。
（考試時使用的鉛筆必須是2B的。）

② 人には　親切でなければ　なりません。（對待人必須親切。）

會話開口說 ☺

まじめでなければ　なりません。（必須是認真的。）

A：「新入社員の　大切な条件は　何でしょうか。」
（新進職員的重要條件是什麼？）

B：「そうですね。やはり　元気で、まじめでなければ
なりませんね。」（嗯，還是必須有精神又認真。）

單字帳

☞ 態度	態度	☞ ～に対して	對於～
☞ 大切（な）	重要的	☞ 新入社員	新進職員
☞ やはり	還是	☞ 条件	條件
☞ 慎重（な）	謹慎的	☞ 確認	確認
☞ 余計（な）	多餘的	☞ 片付けります（動五／Ⅰ）	整理
☞ トランプ	撲克牌	☞ チャット	聊天室

句型 082

い形容詞 くなければ ならない/なりません。（必須是～。）

文型這樣用

「い形容詞去い＋くなければ　ならない／なりません」是用い形容詞來表達
「（根據法律、習慣、規定）必須、不可不、非～不可」的句型。接續方法：
暖かい：刪去い＋く → 暖かくなければならない。（必須是溫暖的。）
高い：刪去い＋く → 高くなければならない。（必須是貴的。）

例文

①. 商品の品質は　よくなければ　なりません。（商品的品質必須是好的。）
②. Tシャツは　白くなければ　なりません。（T恤必須是白色的。）

會話開口說 ☺

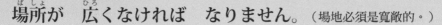

場所が　広くなければ　なりません。（場地必須是寬敞的。）

部長：「山田君、来月の 12 日に　パーティーを　開きますね。」
（山田先生，下個月十二號要開派對吧？）

山田：「はい、そうです。」（是，對的。）
「あのう、部長、パーティーは　どんな場所が　いいですか。」
（請問……部長，派對要什麼樣的場地好呢？）

部長：「交通が　便利で、場所が　広くなければ　なりません。」
（交通要方便，而且場地必須寬敞。）

山田：「はい、わかりました。」（是的，了解了。）

PART1 日常會話，不可缺 200 句型

單字帳

☞ 商品	商品	☞ 品質	品質
☞ Tーシャツ	T恤	☞ 白い	白色的
☞ 開きます	舉辦	☞ 狭い	狹窄的

句型 083

動詞－ない　なければ　ならない／なりません。（必須～。）

文型這樣用

動詞－ない　去い＋ければ　ならない／なりません」是使用動詞來表達「（根據法律、習慣、規定）必須、不可不、非～不可」的句型。

守る：守らない → 守らなければならない。（必須遵守。）

走る：走らない → 走らなければならない。（必須跑。）

予約する：予約しない → 予約しなければならない。（必須預約。）

例文

①．海外旅行に　行く前に、ホテルを　予約して　おかなければ

　　なりません。（去國外旅行前，必須事先預約飯店。）

②．若いうちに　貯金しなければ　なりません。（年輕時，必須要存錢。）

會話開口說

パスポートを　見せなければ　なりません。（必須出示護照。）

A：「免税店へ　買い物に　行きたいんですが、何を　持って
　　行かなければ　ならないんでしょうか。」
（我想去免稅店買東西，但是必須帶什麼去呢？）

B：「パスポートです。」（護照。）
「買い物するとき、パスポートを　見せなければ　なりません。」
（買東西時，必須出示護照。）

單字帳

☞ 予約	預約	☞ クレープ	可麗餅
☞ ～うちに	在～期間	☞ 居酒屋	居酒屋
☞ クリームパスタ	奶油義大利麵	☞ フライパン	平底鍋

句型 084

動詞－ない と いけない/いけません/だめだ/だめです。

（不～的話不行；必須～。）

文型這樣用

❶「ないと いけない／いけません」接在動詞否定形之後，意思是：如果不～的話，就不行」，用雙重否定來表達必須做某事的語氣。

飲む：飲まない → 飲まないといけません。（必須要喝。）

食べる：食べない → 食べないといけない。（必須要吃。）

勉強する：勉強しない → 勉強しなければならない。（必須要唸書。）

❷「駄目」（だめ）中譯為：不行；「動詞－ない＋と だめだ／です。」，意思為：不～就不行；必須～。

行く：行かない → 行かないとだめだ。（不去不行。）

来る：こない → こないとだめです。（不來不行。）

例文

① 会議の前に、必要な 資料を まとめないと いけません。
（會議前必須彙整需要的資料。）

② 急がないと だめです。（不快點的話不行。）

③ 薬を飲まないと いけませんね。（不吃藥是不行的。）

④ 一人で来ないと いけない。（不是一個人來的話就不行。）

會話開口說

家族に 電話を しないと だめです。（不打電話給家人不行。）

山崎：「桑田さん、今日 何時まで 残業でしょうか。」
（桑田先生，今天會加班到幾點？）

桑田：「夜　10時になるかもしれないと　思います。」
（我想可能會是晚上十點。）

「どうか　しましたか。」
（怎麼了嗎？）

山崎：「いいえ、ただ　夜　遅く　家へ　帰るとき、家族に　電話を
しないと　だめなんです。」
（沒事，只是晚上要晚回家的話，不打電話給家人是不行的。）

桑田：「それは　そうですね。」
（那倒是呢。）

單字帳

☞ 必要（な）	必要的；需要的	☞ まとめます（動一／Ⅱ）	彙整
☞ 急ぎます（動五／Ⅰ）	趕緊	☞ だめ（な）	不行的
☞ ただ	只是	☞ 遅く	晚（時間）
☞ 帰る	回家	☞ 温泉	溫泉
☞ 間に合います	來得及	☞ 合格	及格；考上
☞ 払います（動五／Ⅰ）	付錢	☞ 座ります（動五／Ⅰ）	坐
☞ しゃべります（動五／Ⅰ）	聊天	☞ 見分けます（動一／Ⅱ）	分辨

句型 085　名詞 が　できる/できます。

（會～；能夠～；可以～。）

文型這樣用

此句型用來表示會某種能力。中譯為：會～；能夠～。

例文

①. 柔道が　できます。（會柔道。）
②. インド料理が　できます。（會做印度料理。）

會話開口說

何語が　できますか。（會什麼語言？）

橋本：「湛さんは、ご出身は　どちらですか。」
（湛（音：ㄓㄢˋ）小姐，你出身哪裡？）

湛：「香港です。」
（香港。）

橋本：「ああ、香港ですか。じゃ、湛さんは　何語が　できますか。」
（哦，是香港啊。那麼，湛小姐會什麼語言呢？）

湛：「広東語と　北京語と　英語と　日本語です。」
（會廣東話、中文和英文還有日文。）

橋本：「へえ、すごいですね。」（哦，好厲害啊！）

單字帳

☞ 柔道	柔道	☞ インド料理	印度料理
☞ ご出身	你的出身	☞ 何語	什麼語言
☞ 広東語	廣東話	☞ 北京語	中文
☞ ロシア語	俄文	☞ ダイビング	潛水

句型 086 動詞V ことが できる／ できます。（會～；可以～；能夠～。）

文型這樣用 🐱

用來表示會某種能力，前面要接 動詞V 。中譯為：會～；可以～。

見る：見ることができる。（看得見。）

泳ぐ：泳ぐことができる。（會游泳。）

例文

①. 日本語で 簡単な生活会話を 話すことが できます。
（可以用日文說簡單的生活會話。）

②. 私は 馬に 乗ることが できません。（我不會騎馬。）

會話開口說 😊

カードで 支払うことが出来ますか。（可以用信用卡付帳嗎？）

👦 お客：「すみません。お会計を お願いします。」（抱歉，麻煩結帳。）

👨 店員：「はい、全部で 1,200円で ございます。」
（是的，全部一千兩百圓。）

👦 お客：「カードで支払うことが 出来ますか。」（可以用信用卡付帳嗎？）

👨 店員：「申し訳ございませんが、現金で お願いします。」
（非常抱歉，麻煩以現金支付。）

單字帳

☞ シェフ	主廚	☞ 生活会話	生活會話
☞ 馬に 乗ります（動五／Ⅰ）	騎馬	☞ お会計	結帳
☞ 支払います（動五／Ⅰ）	支付	☞ 申し訳ございません	非常抱歉
☞ メニュー	菜單	☞ 理解します（サ変／Ⅲ）	理解

句型 087　趣味/夢は　動詞V ことです。

（興趣／夢想是～。）

文型這樣用

此句型用來表達某人的興趣或夢想。在日文中，「趣味」和「興味」常被搞混，兩者的意思是有差別的。「趣味」是指興趣、嗜好，就是「hobby」；而「興味」則是對～感興趣、對～覺得有趣，就是英文的「interest」。

例文

ご趣味は　何ですか。（你的興趣是什麼？）

→ わたしの趣味は　映画を　見ることです。（我的興趣是看電影。）

會話開口說 ☺

何か　夢が　ありますか。（有沒有什麼夢想？）

田中：「橋本さん、何か　夢が　ありますか。」
（橋本同學，有沒有什麼夢想？）

橋本：「夢ですか。ありますよ。」（夢想嗎？有啊。）

田中：「じゃ、橋本さんの夢は　何ですか。」
（那麼，橋本同學的夢想是什麼？）

橋本：「そうですね。いつか　外国へ　留学に　行くことですね。」
（嗯，就是有一天去國外留學啊。）

單字帳

☞ ご趣味	你的興趣	☞ 留学生	留學生
☞ 大学院	研究所	☞ いつか	什麼時候；有一天
☞ 外国	國外	☞ 博士	博士
☞ 囲碁	圍棋	☞ ピアノ	鋼琴

PART1 日常會話，不可缺200句型

句型 088 〜前に （在〜之前。）

文型這樣用

❶. 用來表達時間前後的句型。

❷. 接續方法：[名詞]の＋前に／[時間]＋前に／[動詞V]＋前に

如：寝る前に。（睡前。）；明日の前に。（明天之前。）；七時前に。
（七點之前。）

例文

①. 食事の前に、手を 洗います。（用餐前，要洗手。）
②. 寝る前に、日記を 書きます。（睡覺前，寫日記。）

會話開口說 ☺

出発の前に ロビーに 集合して ください。

（出發前，請在大廳集合。）

陳：「あした ピクニックですね。」
（明天要郊遊對吧？）

山下：「はい、そうですよ。」（嗯，是啊。）

陳：「じゃ、集合の場所は？」
（那麼，集合的地點是？）

山下：「出発の前に ロビーに 集合して ください。」
（出發前，請在大廳集合。）

單字帳

☞ 洗います	洗	☞ 日記	日記
☞ ピクニック	郊遊	☞ 集合します	集合
☞ ロビー	大廳	☞ 遠足	郊遊
☞ バーベキュー	烤肉	☞ ドア	門

句型 089

動詞－た ことが ある。
（曾經～過。）

文型這樣用 🐱

動詞－た ことが ある／あります表示過去的經驗之意。中譯為：曾經～過。

例文

① .日系企業に 勤めたことが あります。（曾在日商公司工作過。）

② .わたしは 新幹線に 乗ったことが ありません。
（我不曾搭過新幹線。）

③ .私は日本に 行ったことが あります。（我曾經去過日本。）

會話開口說 😊

すき焼きを 食べたことが ありますか。（吃過壽喜燒嗎？）

陳：「高さんは すき焼きを 食べたことが ありますか。」
（高先生吃過壽喜燒嗎？）

高：「はい、何度も あります。」（是的，吃過好幾次。）

陳：「じゃ、懐石料理を 食べたことが ありますか。」
（那麼吃過懷石料理嗎？）

高：「いいえ、一度も ありません。」（不，一次也沒吃過。）

單字帳

☞ 日系企業	日商公司	☞ ～に 勤めます（動一／Ⅱ）	在工作～
☞ お好み焼き	大阪燒	☞ 何度も	好幾次
☞ 懐石料理	懷石料理	☞ 一度も ありません	一次也沒有
☞ 精進料理	素食料理	☞ マヨネーズ	美乃滋
☞ ビーフステーキ	牛排	☞ コーンスープ	玉米濃湯

句型 090

動詞Ｖ/動詞－ない ことが　ある。

（有時會做～；有時不做～。）

文型這樣用

❶. 此句型用來表達有時會做或不做某事。

❷. 常與ときどき（有時）、たまに（偶爾）等副詞一起使用。

例文

①. 私は　たまに　展覧会を　見に　行くことが　あります。
（我偶爾會去看展覽。）

②. 毎朝　体操を　して　いますが、たまに　しないことも　あります。
（每天早上都做體操，但是也會偶爾沒做。）

會話開口說 ☺

ときどき　レストランで　食べることが　あります。

（有時會在餐廳吃。）

高田：「山田さんは　自宅に　住んで　いますか。」
（山田小姐住自己家裡嗎？）

山田：「いいえ、下宿です。」（不是，是在外面租房子。）

高田：「山田さんは　いつも　自炊ですか。」（山田小姐都自己煮飯嗎？）

山田：「はい、そうです。でも、ときどき　レストランで
食べることが　あります。」（是，沒錯。但是有時會在餐廳吃。）

單字帳

☞ たまに	偶爾	☞ 駐車場	停車場
☞ 自宅	自己的家	☞ 下宿	在外租屋
☞ 自炊	自己煮飯	☞ ときどき	有時
☞ 外食	外食	☞ 出前	外賣

句型 091

動詞－た り、 動詞－た り　する。

（做～啦、做～啦。）

文型這樣用

❶. 用來表示動作的列舉，由 動詞－た ＋り構成句型。

❷. 動詞變化：読む → 読んだり。（讀。）

❸. 比較：文型72則的「動詞て、動詞て」是有動作進行的前後順序，但是
　　「動詞たり、動詞たり　する」只是列舉動作，並無前後順序的分別。

例文

①. 休みの日には　テニスを　したり、音楽を　聞いたり　します。
　　（休假時會打打網球啦、聽聽音樂啦。）

②. 昼休みは　ラジオを　聞いたり、雑誌を　読んだり　します。
　　（午休的時候會聽聽收音機啦、看看雜誌之類的啦。）

會話開口說 :)

資料を　読んだり、コピーしたり　しました。（看資料啦、影印之類的啦。）

山本：「許さん、きのう　どこかへ　行きましたか。」
　　　（許先生，昨天有沒有去哪裡呢？）

許：「ええ、図書館へ　行きました。」（嗯，去了圖書館。）

山本：「図書館へ　何を　しに　行きましたか。」（去圖書館做什麼？）

許：「図書館で　資料を　読んだり、コピーしたり　しました。」
　　　（在圖書館看資料啦、影印之類的啦。）

單字帳

☞ テニスを　します	打網球	☞ 図書館	圖書館
☞ コピーします	影印	☞ 市民会館	市民會館
☞ 漫画を読む	看漫畫	☞ 掃除します	打掃

句型 092

い形容詞 かったり、 い形容詞 かったり する。(一會兒～一會兒～。)

文型這樣用

❶. 由い形容詞過去式（かった）＋り構成句型，用來表示反覆。中譯為：
一會兒～；一會兒～。

❷. 形容詞變化：おいしい → おいしかったり。（有時好吃。）

例文

①. 最近 天気が よかったり、悪かったり します。（最近天氣時好時壞。）

②. 仕事は 忙しかったり、暇だったり します。（工作有時忙，有時很閒。）

③. 最近の天気は 暑かったり、寒かったりです。（最近的天氣忽冷忽熱。）

會話開口說 😊

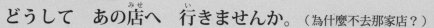

どうして あの店へ 行きませんか。（為什麼不去那家店？）

坂本：「藤さん、最近 あまり あの店へ 行きませんね。」
（藤小姐，你最近好像不太去那家店呢。）

藤：「ええ。」（是的。）

坂本：「どうしてですか。」（為什麼呢？）

藤：「最近 料理が おいしかったり、まずかったり しますから。」
（因為最近料理有時好吃，有時難吃。）

單字帳

☞ 悪い	壞的	☞ ハンバーガー	漢堡
☞ うまい	好吃的	☞ 値段	價格
☞ サンドイッチ	三明治	☞ 安い	便宜的
☞ 豚肉	豬肉	☞ 鶏肉	雞肉

句型093

名詞/な形容詞 だったり、
名詞/な形容詞 だったり　する。

（一會兒～一會兒～。）

文型這樣用

由 名詞／な形容詞 的過去式（だった）＋り構成句型。如：

元気だった → 元気だったり。（一會兒健康。）

例文

①.私は　先生だったり、学生だったり　します。

（我有時是老師，有時是學生）

②.好きだったり、嫌いだったりして、彼女の気持ちが　よく

分からない。（一會兒喜歡，一會兒討厭的，不太明白她的心情。）

會話開口説 ☺

天気が変わりやすい。（天氣多變。）

山崎：「最近　天気が　変わりやすいですね。」（最近天氣真是多變呢。）

久保田：「そうですね。」（是啊。）

「いい天気だったり　悪い天気だったり　します。」

（一下好天氣，一下壞天氣。）

山崎：「何を　着るかも　難しいですね。」（不知道要如何穿衣服呢。）

單字帳

☞ 変わりやすい	容易變化的	☞ 服	衣服
☞ 着ます（動一／Ⅱ）	穿（衣服）	☞ 難しい	困難的
☞ 変わりにくい	不易變化的	☞ 面倒くさい	麻煩的
☞ レインコート	雨衣	☞ セーター	毛衣

句型 094　～なる/なります。（變得～；轉變為～。）

文型這樣用

❶. 用來表示變化的句型。中譯為：變得～；轉變為～。

❷. 接續方法：

「名詞＋に＋なります」：大人（おとな）→ 大人（おとな）になります。（變成大人。）

「な形容詞＋に＋なります」：賑（にぎ）やか → 賑（にぎ）やかになります。（變熱鬧。）

「い形容詞＋去い＋く＋なります」：高（たか）い → 高（たか）くなります。（變貴；變高。）

例文

①. やっと　いい天気（てんき）に　なりました。（終於變好天氣了。）

②. これから　だんだん　暑（あつ）く　なります。（現在開始漸漸變熱了。）

③. 先週（せんしゅう）は　忙（いそが）しかったですが、今週（こんしゅう）は　暇（ひま）に　なります。
（雖然上星期很忙，但是這星期就變有空了。）

④. 上手（じょうず）に　なりました。（變得很熟練了。）

會話開口說 😊

空（そら）が　明（あか）るく　なりました。（天空都亮了。）

🅰：「もう　朝（あさ）　五時（ごじ）ですね。」
（已經早上五點了呢。）

🅱：「そうですね。空（そら）が　明（あか）るく　なりましたよ。」
（是啊，天空都亮了。）

☞ やっと	終於	☞ これから	現在開始；今後
☞ だんだん	漸漸地	☞ 雲（くも）	雲
☞ 虹（にじ）	彩虹	☞ 空（そら）	天空

句型 095

動詞V と 思う/思います。

（我想～；我認為～。）

文型這樣用

❶. 表示說話者陳述自己的想法、意見或對某事的推測、預測等。

❷. 接續方法：

「名詞／な形容詞＋だ」＋と思う：嘘 → 嘘だと思う。（我認為是謊話。）

「動詞V」＋と思う：見える → 見えると思う。（我認為看得見。）

「い形容詞」＋と思う：寒い → 寒いと思う。（我覺得冷。）

例文

①. 明日 雨が 降ると 思います。（我想明天會下雨。）

②. 彼は 来週の 説明会に 行けないと 思います。
（我想他下星期的說明會沒辦法去。）

③. 来月は 暇だと 思います。（我想下個月會有空。）

會話開口說 ☺

たぶん 行けないと 思います。（我想大概不能去吧。）

陳：「課長は 山田さんの 送別会に 行きますか。」
（課長會去山田先生的歡送會嗎？）

課長：「たぶん 行けないと 思います。用事が ありますから。」
（我想大概不能去吧。因為我有事。）

陳：「そうですか。残念ですね。」（是嗎？真可惜。）

單字帳

☞ 説明会	說明會	☞ 送別会	歡送會
☞ たぶん	大概	☞ 用事が ある（動五／I）	有事
☞ 楽しい	高興的	☞ がっかり	令人失望的

句型 096

動詞意向形 と 思う/思っている。

（我想～。）

文型這樣用 🐱

❶. 此句型用於表示說話者自己的意志和打算，比「たい」更有決心。

❷.「思う」或「思っている」皆可用。「思う」是指從說話的時間開始的事；「思っている」是指說話者自從前就有的想法。

例文

①. 将来 日本語の通訳に なろうと 思って います。
（我將來想當日文口譯員。）

②. 明日、母に 電話しようと 思います。（明天我想打電話給媽媽。）

會話開口說 😃

今晩の食事。（今晚的晚餐。）

👦 **A**：「今晩の食事は？」（今晚的晚餐呢？）

👦 **B**：「お昼は ラーメンを 食べましたから、今晩 カレーライスを 食べようと 思います。あなたは。」
（因為中午吃過拉麵了，今晚想吃咖哩飯。你呢？）

👦 **A**：「おいしいものなら、何でも いいですよ。」
（如果是好吃的東西，什麼都好。）

👦 **B**：「じゃ、そうしましょう。」（那麼，就敲定了哦！）

單字帳 🐱

☞ 通訳	口譯員	☞ ラーメン	拉麵
☞ カレーライス	咖哩飯	☞ ～なら	假如～的話
☞ 何でも～	什麼都～	☞ そうしましょう	就那麼辦吧
☞ ピザ	披薩	☞ 生姜	薑絲

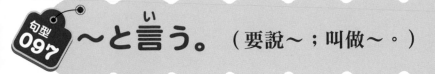

句型 097 ～と言う。 （要說～；叫做～。）

文型這樣用 🐱

普通形（常體）と　言う／言います。

中譯為：叫做～；要說～。助詞「と」則表示引述的內容。

例文

① .食事する前に、「いただきます」と　言います。
　（用餐前，要說「我開動了」。）

② .この花は　「菊」と　言います。（這種花叫做「菊花」。）

③ .彼女の名前は　美穂と　言います。（她的名字叫做美穗。）

會話開口說 😊

「しゃもじ」と言います。（叫做「飯杓」。）

🧑 林：「鈴木さん、これは　日本語で　何と　言いますか。」
　（鈴木小姐，這個用日文怎麼說？）

👧 鈴木：「『しゃもじ』と言います。」（叫做「しゃもじ」。）

　　　　「じゃ、中国語では　何ですか。」（那麼用中文怎麼說呢？）

🧑 林：「『飯杓』と言います。」
　（叫做「飯杓」。）

單字帳 🐼

☞ 茶碗	飯碗	☞ しゃもじ	飯杓
☞ 蛇口	水龍頭	☞ 車椅子	輪椅
☞ 娘	女兒	☞ 暗算	心算
☞ 台湾語	台語	☞ 関西弁	關西地方方言
☞ スプーン	湯匙	☞ サラダボール	沙拉缽
☞ ファイル	資料夾	☞ 筆箱	筆筒

句型 098 名詞1 と言う 名詞2 。

（叫做～的～。）

文型這樣用

「名詞1 という 名詞2」，N1 表示人、物和場所等具體的名稱，N2 則用於表示該名稱所表示的內容是什麼。中譯為：叫～；稱為～；名為～。用以解釋名詞，助詞「と」則表示引述內容。

例文

① さっき　田中玲子さんという人から　電話が　ありました。
（剛剛有位叫做田中玲子的人打電話來。）

② 「告白」という小説が　好きです。（我喜歡「告白」這本小說。）

會話開口說 ☺

「小籠包」という食べ物が　大好きです。

（很喜歡叫做「小籠包」的食物。）

許：「浜田さん、台湾の　食べ物に　慣れましたか。」
（濱田先生，習慣台灣的食物了嗎？）

浜田：「ええ、もう　慣れました。」（嗯，已經習慣了。）

許：「好きな食べ物は　ありますか。」（有喜歡的食物嗎？）

浜田：「ええ、『小籠包』という食べ物が　大好きです。」
（嗯，很喜歡叫做「小籠包」的食物。）

單字帳

☞ 告白	告白	☞ 食べ物	食物
☞ ～に　慣れました	習慣了～	☞ 小籠包	小籠包
☞ 水餃子	水餃	☞ シューマイ	燒賣
☞ ギョーザ	煎餃	☞ 飲み物	飲料

句型 099 動詞Ｖ と 言った/言いました。

（（某人）說～。）

文型這樣用

❶. 用於引述某人說話的內容。

❷. 分為兩種，Ａ：「～」と 言った → 直接引述，請見例文①；Ｂ：動詞Ｖ と
言った → 間接引述，請見例文②。

例文

①. 部長は「来月 大阪へ 転勤します。」と 言いました。
－直接引述－（部長說下個月要調職到大阪。）

②. 部長は 来月 大阪へ 転勤すると 言いました。
－間接引述－（部長說下個月要調職到大阪。）

會話開口說 ☺

休みたいと 言いました。（說想休息。）

😊 山田：「ああ、あした 休みたいなあ。」（啊，明天好想休息。）

- -

😊 趙：「さっき 山田さんは 何と 言いましたか。」
（剛剛山田先生說了什麼？）

😊 高橋：「あした 休みたいと 言いましたよ。」（說明天想休息喔。）

單字帳

☞ 転勤します	調職	☞ 休みたい	想休息
☞ さっき	剛剛	☞ 福岡	福岡
☞ タビオカミルクティー	珍珠奶茶	☞ 心配	擔心
☞ オレンジ ジュース	柳橙汁	☞ 京都	京都
☞ 遊びたい	想玩	☞ 歌いたい	想唱歌

句型 100　動詞V と言って いた/いました。

（（某人）說～。）

文型這樣用

使用於傳話時，要轉告第三者所說的話時。中譯為：～說～。

例文

①. 鈴木さんは　あした　旅行に　行くと　言って　いました。
（鈴木先生說明天要去旅行。）

②. 彼は　今晩の食事会に　出席できないと　言って　いました。
（他說今晚的聚餐無法出席。）

③. 林さんは　来週東京へ　出張すると　言っていました。
（林先生說他下週要去東京出差。）

會話開口說

会社へ　来ると　言って　いました。（說要來公司。）

🧑鈴木：「部長、さっき　山田商事の　長門さんから　電話が
　　　　あ　りました。」（部長，剛剛山田商事的長門先生來電話了。）

🧑部長：「何と　言って　いましたか。」（說了什麼嗎？）

🧑鈴木：「午後二時に　会社へ　来ると　言って　いました。」
（說下午兩點要來公司。）

單字帳

☞ 駐車場	停車場	☞ 食事会	聚餐
☞ 商事	商事	☞ 入院	住院
☞ 秘書	秘書	☞ 経理	會計
☞ 運転手	司機	☞ 銀行員	銀行職員
☞ トラック	卡車	☞ 工事	施工

句型 101 ～でしょう。（大概～吧。）

文型這樣用

❶. 語尾音調往下，表示推測的語氣，常與副詞「たぶん」（大概）一起使用。

❷. 接續方法：動詞 V ＋でしょう。
但是，名詞／な形 的現在式則直接＋でしょう。
如：元気（げんき）でしょう。（健康吧。）

例文

①. あした　たぶん　雨（あめ）が　降（ふ）るでしょう。（明天大概會下雨吧。）

②. きのう　よく　復習（ふくしゅう）しましたから、今日（きょう）のテストは　いい点数（てんすう）が
取（と）れるでしょう。
（因為昨天認真複習了，所以今天的考試大概可以拿到不錯的分數吧。）

會話開口說 :)

たぶん　行（い）かないでしょう。（大概不會去吧。）

橋元（はしもと）：「田中（たなか）さんは　今年（ことし）　一緒（いっしょ）に　海外旅行（かいがいりょこう）に　行（い）きますか。」
（田中先生今年會一起出國旅行嗎？）

山田（やまだ）：「たぶん　行（い）かないでしょう。家（いえ）を　買（か）うために、お金（かね）を
貯（た）めて　いるようですから。」
（大概不會去吧。因為好像為了買房子在存錢。）

橋元（はしもと）：「そうですか。」（是這樣啊。）

單字帳

☞ 復習（ふくしゅう）します	複習	☞ ～が　取（と）れます（動一／Ⅱ）	可以取得～
☞ 点数（てんすう）	分數	☞ お金（かね）を　貯（た）めます（動一／Ⅱ）	存錢
☞ 虫眼鏡（むしめがね）	放大鏡	☞ 単位（たんい）	學分
☞ 教室（きょうしつ）	教室	☞ 入学試験（にゅうがくしけん）	入學考試

句型102

～でしょう。（～是吧；～對吧。）

文型這樣用

❶. 語尾音調往上，表示反問的語氣。

❷. 接續方法：|動詞V| ＋でしょう。

但是，|名詞／な形|的現在式則直接＋でしょう。

如：暇でしょう。（有空對吧？）

例文

来週の月曜日に　英語のテストが　あるでしょう。

（下星期一有英文考試對吧？）

會話開口說 ☺

おいしいでしょう。（好吃對吧？）

A：「この喫茶店は　チーズケーキが　おいしいですよ。」

（這家咖啡廳的起士蛋糕很好吃哦！）

「食べて　みて　ください。」（請嚐嚐看。）

B：「はい、いただきます。」（好的，我開動了。）

A：「どうですか。おいしいでしょう。」（如何？好吃對吧？）

B：「ほんとうですね。」（真的耶！）

 單字帳

☞ 食べて　みて	嚐嚐看	☞ チーズケーキ	乳酪蛋糕
☞ 飲んで　みて	喝喝看	☞ どうですか	如何
☞ 触って　みて	摸摸看	☞ そうでしょう	是那樣對吧
☞ 和菓子	日式點心	☞ 洋菓子	西式點心
☞ デザート	甜點	☞ カステラ	長崎蜂蜜蛋糕
☞ 宇治金時	抹茶紅豆	☞ どら焼き	銅鑼燒

句型103 動詞V ＋名詞 (＊名詞修飾節)

文型這樣用

當日文的動詞要修飾名詞時，接續方法：動詞普通形＋名詞。

如：すしを食べている人。（正在吃壽司的人。）

而動詞普通形＋名詞的部分則稱做「名詞修飾節」。

例文

①. コーヒーを 飲む人は 田中さんです。（喝咖啡的人是田中先生。）

②. 今 電話を かけている人は 鈴木課長です。
（現在正在打電話的人是鈴木課長。）

會話開口說 ☺

> 旅行に 行く所は 日本のどこが いいかな。
>
> （去旅行的地方要選日本的哪裡好呢？）

A：「今度 旅行に 行く所は 日本のどこが いいかな。」
（這次去旅行的地方要選日本的哪裡好呢？）

B：「そうですね。夏ですから、北海道は どうですか。」
（嗯，因為是夏天，北海道怎麼樣呢？）

A：「いいですね。」（聽起來不錯。）

B：「じゃ、北海道に 決めましょう。」（那，就決定去北海道吧。）

單字帳

☞ 所	地點；地方	☞ 本州	本州
☞ 決めます（動一／Ⅱ）	決定	☞ 九州	九州
☞ 四国	四國	☞ 関東地方	關東地方（日本）
☞ 関西地方	關西地方（日本）	☞ オーストリア	奧地利
☞ ヨーロッパ	歐洲	☞ オーストラリア	澳洲

句型 104　これは　〇〇が　作（つく）った〜です。

（這是〇〇做的〜。）

文型這樣用

❶.「作（つく）ったケーキ」（做的蛋糕）的部分如前篇所示，稱做「名詞修飾節」。

❷.「名詞修飾節」中的主詞，其助詞要用「が」。

　　如：「母（はは）が　作（つく）ったケーキ」的「母（はは）」是該「名詞修飾節」的主詞。

例文

①.先生（せんせい）が　教（おし）えてくれたところを　復習（ふくしゅう）しました。

　　（複習了老師教過的部分。）

②.先生（せんせい）が　言（い）ったとおりに　やって　みましょう。（照老師說的做做看吧。）

會話開口說 ☺

手作（てづく）りで作（つく）ったクッキー。（手工做的餅乾。）

田中（たなか）：「陳（ちん）さん、『手工餅乾』は　どういう意味（いみ）ですか。」

　　（陳小姐，「手工餅乾」是什麼意思？）

陳（ちん）：「『手工餅乾』は　手作（てづく）りで　作（つく）ったクッキーという意味（いみ）です。」

　　（手工餅乾是用手工做的餅乾的意思。）

田中（たなか）：「なるほど。」（原來如此。）

單字帳

☞ いちご	草莓	☞ やって　みましょう	做做看吧
☞ どういう意味（いみ）	什麼意思	☞ 手作（てづく）り	手工
☞ クッキー	餅乾	☞ 黄身（きみ）	蛋黃
☞ シュークリーム	泡芙	☞ プリン	布丁
☞ ようかん	羊羹	☞ せんべい	仙貝
☞ 春雨（はるさめ）	冬粉	☞ 団子（だんご）	丸子

句型 105 〜時、〜。（當〜的時候，〜。）

文型這樣用

1. 中譯為：「當〜的時候，〜」的意思。用來表示時間、時候，「〜とき」後面接に或不接に，都可以。

2. 接續方法：名詞の、な形－な、い形－い、動詞V ＋とき。

例文

①. 病気のとき、会社を　休んだほうが　いいです。
（生病時，向公司請假比較好。）

②. 暇なとき、よく　水泳に　行きます。（有空的時候，常去游泳。）

③. 忙しいとき、よく　残業します。（忙的時候，常常加班。）

＊ 動詞V ＋とき：表示動作進行時；動詞－た ＋とき：表示動作結束後。

④. スーパーへ　行くとき、道で　先生に　会いました。
（去超市的時候，在路上遇到老師。）

⑤. スーパーへ　行ったとき、スーパーで　先生に　会いました。
（去超市的時候，在超市裡遇到老師。）

會話開口說

電気をつけましょう。（開燈吧。）

A：「外が　暗くなった時、電気を　つけましょう。」
（外面變暗時，就開燈吧！）

B：「はい、わかりました。」（好，知道了。）

 單字帳

☞ 明るくなった	變亮	☞ 〜に　会いました	遇見（某人）
☞ 暗くなった	變暗	☞ 電気を　つけます	開燈
☞ トースター	烤麵包機	☞ 懐中電灯	手電筒

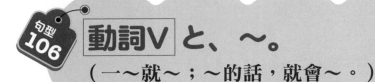

句型 106

動詞Ｖ と、～。

（一～就～；～的話，就會～。）

文型這樣用

❶. 接續方法：名詞、い形、な形、動詞Ｖ ＋「と」，表示某現象發生，或是某動作進行的話，其後必然會產生的結果。

❷.「と」的前面僅用「現在式」或「ない形」，而「と」的後面接「現在式」。

例文

①. 春に なると、桜が 咲きます。（一到春天的話，櫻花就會開。）
②. 体が 丈夫だと、何でも できます。（身體強壯的話，什麼都能做。）

會話開口說 😊

200 メートルぐらい 歩くと。（約走200公尺左右的話。）

田中：「すみません、ちょっと 伺いたいのですが。」
（抱歉，想請問一下。）

道の人：「はい、何ですか。」（是的，有什麼事？）

田中：「ここから 市役所へ 行きたいんですが、どうやって
行きますか。」（想從這裡去市政府，要怎麼去呢？）

道の人：「この道を まっすぐ 行って、200 メートルぐらい
歩くと、右側に すぐ 市役所が 見えます。」
（這條路直走，約走200公尺左右的話，就能馬上在右側看見市政府。）

田中：「はい、分かりました。どうも ありがとうございました。」
（是的，我知道了。非常謝謝你。）

單字帳

☞ 市役所　　　市政府　　　☞ 大使館　　　大使館

句型 107

～たら、～。

（如果～；做～之後，做～；做了～，結果～。）

文型這樣用

❶.「たら」的變化是由 た形 ＋ら構成。

❷. 接續方法： 名詞、な形 だったら／ い形 かったら／ 動詞 たら。

例文

①.**表示假設語氣。中譯為：如果。**

試験が　あったら、テレビを　見ません。（如果有考試的話，就不看電視。）

あした　暇だったら、釣りに　行きませんか。

（明天如果有空的話，要去釣魚嗎？）

②.**表示預定上的動作。中譯為：做完～之後，做～。**

駅に　着いたら、電話して　ください。（到車站之後，請打電話。）

③.**表示做了某事後，得到的結果。中譯為：做了～，結果～。**

さっき　先生に　電話したら、留守でした。

（剛剛打電話給老師，結果不在。）

會話開口說

お腹が　痛くなって　しまいました。（結果肚子痛了起來。）

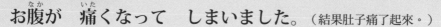

A：「どうしましたか。」（怎麼了？）

B：「冷たい水を　飲んだら、お腹が　痛くなって　しまいました。」

（喝了冰開水，結果肚子痛了起來。）

單字帳

☞ 留守	不在家	☞ 釣りに　行きます	去釣魚
☞ お腹が　痛い	肚子痛	☞ どうしましたか	怎麼了
☞ くしゃみ	打噴嚏	☞ 鼻水	鼻水

句型 108　〜ても　（就算〜，還是〜。）

文型這樣用

❶.「ても」由 て形 ＋も形成，常與副詞「いくら」（無論）一起使用。

❷. 接續方法：名詞、な形 でも／い形去い ＋くても／動詞－て も。

例文

①.風邪でも、出勤します。（就算感冒，還是去上班。）

②.雨が　降っても、出かけなければ　なりません。
　　（就算是下雨，還是必須出門。）

會話開口說

でも、いくら　複雑でも　最後まで　やります。

（但是就算再複雜，也要做到最後。）

A：「わあ、難しそうな仕事ですね。複雑でしょう。」
（哇，看起來好難的工作啊。很複雜吧？）

B：「そうですね。難しくて、複雑ですね。」
（是啊，又難又複雜。）

A：「じゃ、大変ですね。」
（那，很辛苦吧？）

B：「そうですね。でも、いくら　複雑でも　最後まで　やります。」
（是啊。但是就算再複雜，也要做到最後。）

A：「えらいですね。」（真了不起啊！）

單字帳

☞ 風邪	感冒	☞ 出勤します	上班
☞ 難しそうな＋（名詞）	看起來很難的＋（名詞）	☞ 複雑（な）	複雜的
☞ 最後	最後	☞ えらい	了不起的

句型 109

〜のだ／んです。

（＊強調說明、理由、根據的用法。）

文型這樣用

❶「〜んです」是強調說明、理由、根據的表達方式。口語是「〜んです」，文章中的用法是「〜のです」。

❷ 用於說話人對看到或聽到的事，向對方詢問理由或原因時，以及說明事情的原委的時候。這裡特別注意，「〜んです」有時含有說話者的驚訝或懷疑的情緒，或者是強烈的好奇心，如果使用不當會讓對方聽了心裡不舒服。

❸

動詞	普通形	のだ。／んです。
い形容詞		
な形容詞	な	
名詞		

如：嫌い → 嫌いなんです。（討厭的。）；好き → 好きなのだ。
（喜歡的。）

例文

A：「田中さんは　まだ　来て　いないんですか。」（田中先生還沒到是嗎？）

B：「はい、そうです。」（嗯，是的。）

會話開口說

歯が　痛いんです。（因為牙齒痛。）

A：「どうして　食べないんですか。」
（為什麼不吃呢？）※看到對方不吃而詢問

B：「歯が　痛いんです。」（因為牙齒痛。）※說明原因

A：「それは　いけませんね。早く　歯医者へ　行ったほうが
いいですよ。」（那可不行喔。早一點去看牙醫比較好喔。）

B：「はい。」
（好的。）

A：「お大事に。」
（請保重。）

單字帳

☞ 歯	牙齒	☞ それは　いけませんね	那可不行
☞ 早く	早一點	☞ 歯医者	牙醫
☞ 貧血	貧血	☞ 歯科	牙科
☞ 病気	生病	☞ 骨折	骨折
☞ 切り傷	割傷	☞ 寒気	發冷

句型 110

～のですが、～ていただけませんか。

（因為～，可否請你～嗎？）

文型這樣用

❶ 向對方說明狀況或理由之後，客氣地尋求幫忙。

❷ 口語表達時常用「～んですが、～ていただけませんか」的形式。

例文

① 日本語を　勉強したいんですが、いい先生を　紹介して
いただけませんか。（我想學日文，能否請你介紹好的老師給我嗎？）

② 道が　分からないんですが、ちょっと　教えて　いただけませんか。
（因為不知道路，可否請你告訴我呢？）

會話開口說

説明して　いただけませんか。（可否請你說明呢？）

洪：「鈴木さん、今　ちょっと　いいですか。」
（鈴木先生，現在方便嗎？）

鈴木：「はい、何でしょうか。」（是的，什麼事？）

洪：「この申込書の　日本語が　分からないんですが、ちょっと
説明して　いただけませんか。」
（我不懂這份報名表上的日文，可否請你說明呢？）

鈴木：「はい、いいですよ。」（嗯，好啊。）

單字帳

☞ 紹介します	介紹	☞ ちょっと　いいですか	方便嗎
☞ 何でしょうか	什麼事	☞ 申込書	報名表
☞ 氏名	姓名	☞ 自宅	自家
☞ 電話番号	電話號碼	☞ 応募理由	申請／報名理由

句型 111

～んですが、～たら　～ですか。

（＊向對方尋求建議或指示。）

文型這樣用

❶. 用於向對方尋求建議或指示時。

❷. 也可用「～のですが、～ば　～ですか」的形式。

例文

①.国際電話を　かけたいんですが、どうしたら　いいですか。

（我想打國際電話，要怎麼做呢？）

②.国立図書館へ　行きたいんですが、ここから　何に　乗ったら
一番　便利ですか。（我想去國立圖書館，從這裡搭什麼最方便呢？）

會話開口說 ☺

どうしたら　一番　速いですか。（怎麼做最快呢？）

A：「日本のホテルを　予約したいんですが、どうしたら　一番
速いですか。」（我想預約日本的飯店，怎麼做最快呢？）

B：「インターネットで　予約できますから、それが　一番　速いと
思います。」（因為在網路上就可以預約，我想這是最快的。）

A：「はい、やって　みます。」（嗯，我試試看。）

單字帳 🐼

☞ 国際電話	國際電話	☞ 国立国家図書館	國立國家圖書館
☞ 予約したい	想預約	☞ インターネット	網路
☞ 予約できます	可預約	☞ ネットショップ	網路商店
☞ ランキング	排行榜	☞ 嘘も方便	說謊也是權宜之計
☞ コミック	漫畫	☞ サイト	網站

句型 112 名詞 が できる/できます。

（可以～；會～。）

文型這樣用

❶. 表示能力之外，還可以用來表示「完成、出生、產生、做得好」等意思。
   如：うまくできたよ。（做得很好喔。）

❷. 接續方法：名詞 が できる/できます。

例文

①. この教室で 歌の練習が できます。（在這間教室可以練歌。）

②. 郵便局の隣に スーパーが できました。（郵局隔壁開了一家超市。）

③. うちの弟は 勉強が よく できます。（我家弟弟很會讀書。）

會話開口說

何語が できますか。（會什麼語言？）

長門：「高さんは 何語が できますか。」（高先生會什麼語言呢？）

高：「中国語と 台湾語と 日本語と 英語などが できます。」
（中文、台語、日文、英文等等都會。）

長門：「へえ、そんなに できますか。羨ましいですね。」
（咦，會那麼多啊。真羨慕呢！）

單字帳

☞ 隣	隔壁	☞ できました	開了（店）
☞ よく	經常；很	☞ ～など	～等等
☞ そんなに	那樣地	☞ 羨ましい	羨慕的
☞ 料理ができます	會做菜	☞ 仕事ができます	能工作
☞ 出世ができます	能出人頭地	☞ 彼氏／彼女ができた	交到了男朋友／女朋友
☞ 公園	公園	☞ コンビニ	便利超商

句型 113

～が 動詞可能形 。

（可以～；能夠～；會～。）

文型這樣用

❶. 表示能力。接續方法：～が＋ 動詞可能形 。

❷. 使用時，他動詞的「を」要改成「が」，其他像是に、で、へ等都不改變。

如：漢字を 書きます。（寫漢字）→ 漢字が 書けます。（會寫漢字）

可能形動詞的變化

五段動詞／I		一段動詞／II		不規則動詞／III	
辭書形（う段）	可能形（え段）	辭書形（る）	可能形（られる）	辭書形	可能形
行く	行ける	起きる	起きられる	来る	来られる
				する	できる

※ 可能形動詞的用法為一段動詞（也就是第二類動詞）。

 例文

①.私は 英語の雑誌が 読めません。（我無法閱讀英文報紙。）

②.お金がないので、マンガが 買えません。（因為沒有錢，不能買漫畫。）

③.私はパソコンが 使えません。（我不會用電腦。）

會話開口說

用事が ありますから、行けません。（因為有事，所以不能去。）

A：「あした コンサートに 行けますか。」
（明天可以去演唱會嗎？）

B：「すみません、用事が ありますから、行けません。」
（抱歉，因為有事所以不能去。）

A：「そうですか。残念ですね。」
（是嗎？真可惜。）

B：「すみません、また 今度 お願いします。」
（抱歉，下次再麻煩你（邀請我）了。）

單字帳

☞ 漢字	漢字	☞ コンサート	演唱會
☞ 行けます	可以去	☞ 行けません	無法去
☞ また	又；再	☞ ハンドバッグ	手提包；女用包
☞ 小説	小說	☞ 雑誌	雜誌
☞ 教科書	課本	☞ ノートパソコン	筆記型電腦
☞ 携帯電話	手機	☞ プロジェクター	投影機
☞ パワーポイント	PowerPoint（簡報）	☞ ウェブカメラ	網路攝影機
☞ 布団	棉被	☞ たんす	衣櫃

句型 114

〜しか〜ません。（只有〜；僅有〜。）

文型這樣用

1. 後接否定，但意思為肯定的：只有〜；僅有〜。
2. 接續方法：名詞 しか〜ません。

例文

① 昼ごはんは 牛乳しか 飲みませんでした。（午餐只喝了牛奶。）
② 今度のスピーチコンテストは 私しか 申し込みませんでした。
（這次的演講比賽，只有我報名了。）

會話開口說 ☺

私しか 行きません。（只有我去。）

A：「あした 誰が 展覧会に 行きますか。」（明天誰要去展覽？）

B：「私しか 行きません。」（只有我去。）

A：「どうしてですか。」（為什麼？）

B：「みんな 忙しいですから。」（因為大家都忙。）

 單字帳

☞ 昼ごはん	午餐	☞ 缶ビール	罐裝啤酒
☞ スピーチ	演講	☞ 申し込みます	報名
☞ 緑茶	綠茶	☞ コンテスト	比賽
☞ ミーティング	會議	☞ 訪問	拜訪
☞ 出張	出差	☞ 天丼	炸蝦蓋飯
☞ 牛丼	牛肉蓋飯	☞ 親子丼	雞肉蛋蓋飯
☞ ミルク	牛奶	☞ 紅茶	紅茶
☞ ココア	可可	☞ ヨーグルト	養樂多

句型 115 ～は～が、～は。（雖然～，但～。）

文型這樣用

使用於表示對比作用的句子，中譯為：雖然～，但～。

例文

①.田中さんは　ピアノは　できますが、バイオリンは　できません。

（雖然田中小姐會鋼琴，但是不會小提琴。）

※對比對象：ピアノ、バイオリン。

②.私は　魚は　食べますが、肉は　食べません。

（雖然我吃魚，但是不吃肉。）

※對比對象：魚、肉。

會話開口說

日本の食べ物は好きですが、刺身は好きじゃありません。

（雖然喜歡日本的食物，但是不喜歡生魚片。）

山本：「呉さんは　日本の食べ物が　好きですか。」

（吳小姐喜歡日本的食物嗎？）

呉：「ええ、好きですが、刺身は　好きじゃありません。」

（嗯，喜歡，但不喜歡生魚片。）

山本：「そうですか。どうしてですか。」（這樣啊，為什麼？）

呉：「わたしは　生ものは　だめです。」（我對生的食物不行的。）

單字帳

☞ ピアノ	鋼琴	☞ 飲み放題	喝到飽
☞ バイオリン	小提琴	☞ おつまみ	配酒小菜
☞ 生もの	生的食物	☞ 酔っ払い	酒醉
☞ ウーロン茶	烏龍茶	☞ 生ビール	生啤酒

句型 116

動詞V₂ ながら、～する。

（一邊～一邊～。）

文型這樣用

表示兩個動作或行為在同一時間內進行，其中要特別注意的是，以後面的動作為主。中譯為：一邊～一邊～。

例文

今　音楽を　聞きながら、掃除を　して　います。
（現在正一邊聽音樂，一邊打掃。）

會話開口說 ☺

コーヒーでも　飲みながら、話しましょうか。

（一邊喝個咖啡什麼的一邊聊天吧？）

張：「橋本さん、お久しぶりですね。」
（橋本先生，好久不見了。）

橋本：「あ、張さん、本当に　お久しぶりですね。」
（啊，張先生，真的好久不見了。）

張：「橋本さん、今度　暇が　あれば、どこかで　コーヒーでも
飲みながら、話しましょうか。」
（橋本先生，下次有空時，找個地方一邊喝個咖啡什麼的一邊聊天吧？）

橋本：「ええ、いいですね。」（嗯，好啊。）

單字帳 🐱

☞ ほかの人	其他人	☞ 掃除を　します	打掃
☞ ジャスミン茶	茉莉花茶	☞ テレビを　見ます	看電視
☞ ティーバング	袋裝茶	☞ 炭酸飲料	汽水
☞ アイスコーヒー	冰咖啡	☞ ジンジャエール	薑汁汽水

句型 117 ～も～し、～も（既～也～。）

文型這樣用

❶. 接續方法：由 動詞、い形、な形、名詞 的普通形＋し。

❷. 表示理由、原因：因為既～也～；因為～而且又～。表示兩個或兩個以上的原因、理由，如例文①。

❸. 表示並列條件：表示兩個或兩個以上的條件時，如例文②。

例文

①. 今日は　雨だし、車も　ないし、出かけたくないです。
（因為今天又下雨，又沒車子，所以不想出門。）

②. 山本さんは　中国語も上手だし、英語も上手です。
（山本小姐中文很好，英文也很好。）

會話開口說 😊

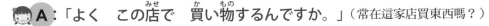

品物も多いし、値段も安いですから。（因為商品多，價格又便宜。）

A：「よく　この店で　買い物するんですか。」（常在這家店買東西嗎？）

B：「はい、そうです。」（嗯，是的。）

A：「どうしてですか。」（為什麼呢？）

B：「品物も多いし、値段も安いですから。」
（因為商品多，而且價格又便宜。）

單字帳

☞ 車	車子	☞ 冷たい	冷的；冷淡的
☞ 品物	商品	☞ 雑巾	抹布
☞ ナプキン	餐巾；衛生棉	☞ ホース	水管
☞ バスタオル	浴巾	☞ 蝋燭	蠟燭
☞ 少ない	少的	☞ 毛布	毛毯

句型 118 ～を 他動詞 て いる。

（正在做～　＊現在進行式）

文型這樣用

❶. 表示現在正在進行的動作、行為。中譯為：正在做～。

❷. 他動詞 v.s. 自動詞的說明

他動詞：人為性的動作，有及物的對象。

自動詞：a. 主體本身具有的能力動作。

　　　　b. 表示做完某事後所呈現的狀態或結果。

例文

①. 今 テレビを 見て います。（現在正在看電視。）

②. 今 部屋を 掃除して います。（現在正在打掃房間。）

會話開口說

お客さんと 話して います。（正在和客人談話。）

A：「趙さんは 今 何を して いますか。」（趙先生現在在做什麼？）

B：「今 お客さんと 話して います。」（現在和客人正在談話。）

A：「そうですか、忙しいですね。」（這樣子啊，真是忙碌呢。）

B：「趙さんは いつも 忙しいです。」（是啊，趙先生總是很忙。）

單字帳

☞ お客さん	客人	☞ 電話を かけて います	正在打電話
☞ 食事を して います	正在吃飯	☞ お風呂に 入って います	正在洗澡
☞ デパート	百貨公司	☞ エレベーター	電梯
☞ エスカレーター	手扶梯	☞ 手紙を 書いています	正在寫信
☞ 映画を 見ています	正在看電影	☞ 犬と 遊んでいます	正在跟狗玩

句型 119　〜が ①自動詞 ている。
（正在做〜　＊現在進行式）

文型這樣用
表示現在正在進行的動作、行為。中譯為：正在做〜。

例文

① 子供が　寝て　いますから、静かに　して　ください。
（因為小孩正在睡覺，請保持安靜。）

② 子供が　泣いて　います。（小孩正在哭。）

會話開口說 ☺

毎日３０分　走って　います。（每天跑30分鐘。）

橋元：「あら、張さん、痩せましたね。まさか　ダイエット？」
（啊！張小姐，你瘦了。該不會在減肥吧？）

張：「そうですね。最近　ダイエットして　います。」
（是啊。最近在減肥。）

橋元：「どういう方法で？」
（用什麼方法？）

張：「毎日　３０分　走って　います。」
（每天跑30分鐘。）

橋元：「なるほど。すごいですね。」（原來如此，很厲害呢。）

單字帳

☞ 痩せました	瘦了	☞ まさか	該不會
☞ ダイエット	減肥（名）	☞ ダイエットします	減肥（動）
☞ 方法	方法	☞ グラウンド	操場
☞ コート	場地	☞ シュート	射籃

句型 120 ～が ②自動詞 ている。

（～著的。 ＊表示狀態或結果的持續）

文型這樣用

可用於人為（如例文①）或是非人為（如例文②）的動作之後所呈現出的狀態或結果。中譯為：正～。

例文

①. さっき　先生が　窓を　開けましたから、今　窓が　開いて
います。（因為剛才老師打開窗戶，所以現在窗戶開著。）

②. さっき　強い風が　吹きましたから、今　ドアが　開いて　います。
（因為剛剛颳了強風，所以現在門開著。）

會話開口說 :-)

> 電気が　消えて　います。（燈是關著的。）

大塚：「坂本さんは　部屋に　いますか。」（坂本小姐在房間嗎？）

山本：「彼女は　いないようですね。電気が　消えて　いますから。」
（她好像不在哦！因為燈是關著的。）

※ 表示狀態或結果的自動詞，前面的助詞要用「が」，但是如果是特別指定時就要將「が」改成「は」。

如：機械が　壊れて　います。（機器壞了。）→ この機械は　壊れて　います。（這台機器壞了。）

單字帳

☞ 窓を　開けます	開門	☞ 強い風	強風
☞ 吹きます	颳（風）；吹	☞ 機械	機器
☞ 壊れています	（機器）壞了	☞ 消えています	（電燈）關著的；（火）熄了
☞ 痩せています	痩的	☞ 太っています	胖的

句型 121 〜が 他動詞 てある。

（＊表示狀態或結果的持續）

文型這樣用

「てある」的句型一般都是使用他動詞，除了形容事物的狀態之外，更強調是有人（通常不知道是誰做的）為了某些目的或用意，而做了那樣的行為的「持續結果」。

如：紙に名前を書いています。（正在紙上寫名字。）※動作現在進行

紙に名前が書いてあります。（紙上有寫著名字。）※狀態

例文

①. 後で 会議が ありますから、会議室の冷房は つけて あります。
（因為等一下要開會，會議室裡的冷氣是開著的。）

②. 部屋に 花が 飾って あります。（房間裡裝飾著花。）

會話開口說 😊

テーブルの上に 何が 置いて ありますか。

（桌子上放著什麼？）

先生：「今 テーブルの上に 何が 置いて ありますか。」
（現在桌子上放著什麼呢？）

生徒：「花瓶や コーヒーカップや 果物などが 置いて

あります。」（放著花瓶啊、咖啡杯啊、水果等等的。）

單字帳

☞ 飾って あります	裝飾著		☞ 置いて あります	擺著
☞ 花瓶	花瓶		☞ 掛け布団	被子
☞ 果物	水果		☞ 書いて あります	寫著
☞ 座布団	座墊		☞ 枕カバー	枕套

～て しまった/しまいました。

（～完了；～了。）

文型這樣用

1. 表示動作過程的完了，或是因為做完了這個動作，而使自己遭受到不好的事。

2. 通常帶有遺憾、後悔、可惜等不可挽回、無法彌補的語氣。其過去式為「～てしまった」。

例文

①. クーラーをつけたまま、出かけて しまった。（開著冷氣就出門了。）

②. 彼に 課長のことを 言って しまって、大変ですよ。
（跟他說了課長的事，真是糟糕啊。）

會話開口說 😊

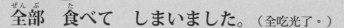

全部 食べて しまいました。（全吃光了。）

母：「きのう 買ったりんごは どこに 置いて ありますか。」
（昨天買的蘋果放在哪裡呢？）

徹也：「きのう 買ったりんごですか。」（昨天買的蘋果嗎？）

「おいしいですから、全部 食べて しまいましたよ。」
（因為很好吃，已經全吃光了。）

母：「えっ、そんなに 速く。」（什麼，吃那麼快呀？）

單字帳

☞ 出かけます	出門	☞ ストレッチ	暖身操
☞ そんなに	那麼樣的	☞ エアロビクス	有氧運動
☞ こんなに	這麼樣的	☞ 遅い	慢的
☞ 社長	總經理	☞ 代表取締役	董事長

句型 123

待って ください v.s.
待って いて ください （請等一下。）

文型這樣用

❶「待って ください」用於立即停止對方正在進行的動作或發言的時候。

❷「待って いて ください」則是用於要求對方在某個場所做停留或做等待的動作時。

例文

①．A：「え、では、これで会議は終わりに…。」（嗯，那麼，會議就此結束……。）

　　B：「ちょっと 待って ください。異議があります。」
　　　（請等一下，有異議。）

②．C：「すぐ 戻りますので、ここで ちょっと 待って いて
　　　　ください。」（我馬上回來，請在這裡等一下。）

　　D：「分かりました。」（知道了。）

會話開口說 ☺

食堂で 待って いて ください。（請在餐廳等我。）

李：「田中さん、食事に 行きませんか。」（田中先生、不去吃飯嗎？）

田中：「すみません、仕事が まだ 終わって いないので、食堂で
　　　　待って いて ください。」
　　　（抱歉，因為工作還沒結束，請先在餐廳等我。）

李：「はい。分かりました。じゃ、お先に。」（嗯，知道了。那我先過去了。）

PART1 日常會話，不可缺200句型

單字帳

☞ 終わり　　　　結束（名）　　　☞ 食堂　　　　餐廳

☞ 戻ります　　　返回；折回　　　☞ お先に　　　先（離開）

151

句型 124　動詞－て　おく/おきます。（事先～。）

文型這樣用

❶.「ておく」是自己或他人（知道是誰做的），為了某些目的、意圖或者讓之後的事情進行的更順利，而在（事前）做了某種準備，常用現在式的句型。

❷.同時，跟過去式句型比起來，最常用的是 動詞－て ＋おく現在式的句型，並經常搭配「～前に」（在～之前）、「～ために」（為了～）來使用，強調事前準備的意志表現。

例文

①.資料を　調べて　おきます。（事先調查資料。）

②.友達が　来る前に、部屋を　掃除して　おきなさいね。
（朋友來之前，先把房間打掃好喔。）

③.万が一災害が　起きたときのために、食料を　保存して　おく。
（為了以防災害發生，事先保存乾糧。）

會話開口說 😊

そのまま　置いて　おいて　ください。（請照原來那樣子放。）

学生：「先生、辞書を　使い終わったら、どうすれば　いいですか。」
（老師，字典用完之後要怎麼辦呢？）

先生：「本棚の上に　そのまま　置いて　おいて　ください。」
（請照原來那樣子放在書架上。）

單字帳

☞ 予約して　おきます	事先預約	☞ 読み終わった	讀完
☞ 引き出し	抽屜	☞ 百科事典	百科全書
☞ 本棚	書架	☞ そのまま	那樣子
☞ このまま	這樣子	☞ 電子辞書	電子辭典

句型 125 ～までに ～する。
（在～時間之內，做～。）

文型這樣用

❶.「～までに～する」中譯為：在～時間之內，完成（做）～。

這裡的重點是，後面接續的動作必須是一次就能完成的。

如：三時_{さんじ}までに　レポートを　提出_{ていしゅつ}して　ください。

（請在三點之前交出報告。）

交報告是一次完成的動作，沒有人必須用長時間來做交報告「這一個動作」的。

❷.「～まで～する」中譯為：在時間之內，持續做～。

在這裡，後面接續的動作必須是「持續」的。

如：夜_{よる}、八時_{はちじ}まで　ここで　待_まって　いる。

（晚上八點之前我會一直在這裡等。）

「待_まってる」是持續的動作，這就是最大的差別。

例文

①.会議_{かいぎ}の資料_{しりょう}は　水曜日_{すいようび}までに　出_ださなければ　なりません。

（會議的資料必須在星期三前交出。）

②.午後三時_{ごごさんじ}までに　返事_{へんじ}して　ください。（下午三點前請回覆。）

會話開口說 ☺

七時_{しちじ}までに　出_だして　ください。（請七點前倒。）

宮_{きゅう}：「大家_{おおや}さん、家賃_{やちん}は　毎月_{まいつき}の何日_{なんにち}までに　払_{はら}いますか。」

（房東，房租要在每個月幾號前繳？）

大家_{おおや}：「毎月_{まいつき}の　五日_{いつか}までに　払_{はら}って　ください。」

（請在每個月的五號前繳。）

宮：「じゃ、ごみは　何時までに　出さなければ　なりませんか。」
（那麼，垃圾必須在幾點前倒呢？）

大家：「夜　七時までに　出して　ください。」
（請晚上七點前倒。）

單字帳

☞ 返事して　ください	請回覆	☞ 大家さん	房東
☞ 家賃	房租	☞ 毎月	毎個月
☞ 払います	支付	☞ ごみ	垃圾
☞ 走ります	跑步	☞ 雪合戦	打雪戰
☞ バドミントン	羽毛球	☞ バスケットボール	籃球
☞ ローラースケート	溜冰	☞ バレーボール	排球
☞ ブランコ	盪鞦韆	☞ 腹筋運動	仰臥起坐
☞ 迷路	迷路、迷宮	☞ クイズ	猜謎

〜う/よう（〜吧。 ＊意向形）

文型這樣用

此句型用來表示推量、意志或勸誘。

動詞意志形的變化

五段動詞／Ｉ		一段動詞／Ⅱ		不規則動詞／Ⅲ	
辭書形（う段）	意志形（お段）＋う	辭書形（る）	意志形（よう）	辭書形	意志形
行く	行こう	起きる	起きよう	来る	来よう
				する	しよう

❶. 五段動詞／Ｉ：動詞Ｖ「う段音」改為「お段音」＋う

如：「歩く」→ 歩こ＋う＝歩こう

❷. 一段動詞／Ⅱ：動詞Ｖ去「る」＋よう

如：「食べる」（去字尾的る）→ 食べ＋よう＝食べよう

❸. 另外要特別注意的是，「〜ましょう」也是用來邀請別人一起做什麼樣的事情，但是「〜ましょう」是從「〜ます」來的，是所謂的「敬體」，是用於老師或上司等，地位比自己高的人身上。如果我們要用在家人或是朋友，就可以使用本篇主題。

如：花見に 行きましょう。（去賞花吧。）※對地位高的人說

花見に 行こう。（去賞花吧。）※對較親暱的人說

例文

①. 食事の後で、散歩に 行こう。（吃完飯之後，去散步吧！）

②. どこかで コーヒーを 飲もう。（找個地方喝杯咖啡吧！）

一緒に　買い物しよう。（一起去買東西吧！）

A：「今度の日曜日、一緒に　買い物しよう。」
（這個星期天一起去買東西吧。）

B：「ええ、いいですよ。」
（嗯，好啊。）

A：「買い物した後、ケーキを食べに行こう。」
（買完東西之後，去吃蛋糕吧。）

B：「それは最高の日曜日ですね。」
（這是最棒的星期天了。）

單字帳

☞ 名詞 の後で	在～之後	☞ 散歩に　行こう	去散步吧
☞ どこか	某個地方	☞ 迎えに　行こう	去迎接吧
☞ 花見に　行こう	去賞花吧	☞ 月見に　行こう	去賞月吧
☞ 花火	煙火	☞ 風船	氣球
☞ シャボン玉	吹泡泡	☞ 万華鏡	萬花筒

動詞意向形 と思う/思って いる。

（我想～。）

文型這樣用

❶.「と思う」意指說話者「想」或「認為」，是第一人稱。

❷.「と思っている」意指說話者「持續」、「一直」這樣想的意思，第一人稱、第三人稱皆可使用。這邊要注意的是，「意向形＋と思う」和我們常用的「～たい」意思很像，都是用來表達自己的想望。而最大的不同在於，「～たい」給人的感覺比較直接，而「意向形＋と思う」就比較委婉，可以看場合使用。

例文

①.日本の会社で 働こうと 思って います。（一直想在日本的公司工作。）

②.午後 喫茶店へ コーヒーを 飲みに 行こうと 思います。
（我下午想去咖啡廳喝咖啡。）

會話開口說

うちで のんびりしようと 思います。（我想在家悠哉地度過。）

山田：「橋元さん、今晩 何を しようと 思いますか。」
（橋元先生，今晚你想做什麼？）

橋元：「そうですね。うちで のんびりしようと 思います。」
（嗯，我想在家悠哉地度過。）

山田：「そうですね。いつも 忙しいですから、やはり うちで
のんびりしたほうが いいですね。」
（嗯，因為總是很忙，還是在家休息比較好。）

單字帳

☞ のんびり　　　悠哉地　　　☞ やはり　　　還是

句型 128 ～つもり（打算～。）

文型這樣用

❶. 表示說話者未來具體的計畫，較前篇 動詞（よ）う と　思う／思っている 的確定性高。

❷. 接續方法：動詞Ⅴ／動詞－ない ＋つもり。

例文

①. あした　会社を　休むつもりです。（打算明天向公司請假。）
②. 来年　海外旅行に　行かないつもりです。（明年不打算出國旅行。）

會話開口說

出席するつもりです。（打算出席。）

陳：「来週の会議は　どうするつもりですか。」
（下週的會議打算如何呢？）

田村：「出席するつもりです。陳さんは？」
（打算出席，陳小姐呢？）

陳：「出席するつもりですが、その前に　ちょっと　用事が
ありますから、すこし　遅れるかもしれません。」
（雖然打算出席。但是在那之前因為有點事，可能會遲到一下。）

單字帳

☞ 会社を　休みます	向公司請假	☞ 出席します	出席
☞ どうする	如何做	☞ その前に	在那之前
☞ 遅れます	遲到	☞ かもしれません	可能；也許
☞ 来週	下禮拜	☞ 再来週	下下禮拜
☞ 欠席します	缺席	☞ 会社をやめます	向公司辭職
☞ 明朝	明天早上	☞ 一昨日	前天

句型 129　まだ～ない／ません。（還沒有～。）

文型這樣用

❶. 中譯為：還沒有（做某件事）。

❷. 接續方法：「まだ＋動詞＋ない／ません」指還不做某個動作或行為；
「まだ＋動詞－て＋いない」是指動作還沒有進行，如下篇主題所示。

如：まだ　ばんごはんを　食べません。（還沒有要吃晚餐。）
　　※自己的意識
　　まだ　ばんごはんを　食べて　いません。（還沒有吃晚餐。）
　　※單純敘述事實

例文

①. 仕事があるので、まだ　帰りません。
（因為還有工作，所以還沒有要回去。）

②. 高橋さんは　コンサートへ　行くかどうか、まだ　わかりません。
（高橋先生是否要去演唱會，還不知道。）

會話開口說 ☺

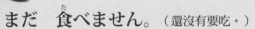

まだ　食べません。（還沒有要吃。）

洪：「もう　12時です。昼ごはんを　食べに　行きましょう。」
（已經十二點了，去吃午餐吧。）

陳：「ええ、行きましょう。」
（好啊，走吧。）

洪：「あれ、田中さん、昼ごはんは　食べないんですか。」
（咦？田中小姐，不吃午餐嗎？）

田中：「あ、お腹が　いっぱいですから、まだ　食べません。」
（啊，因為肚子還很飽，所以還沒有要吃。）

陳：「そうですか。じゃ、お先に。」

（是這樣子啊，那，我們先走了。）

田中：「はい、どうぞ。」

（好的，請先去。）

單字帳

☞ ～ので	因為～	☞ あれ	咦？
☞ お腹が　いっぱい	肚子很飽	☞ いっぱい	滿滿的；飽飽的
☞ 手羽先	雞翅	☞ お腹が　減った	肚子餓
☞ 白身	蛋白	☞ ばんごはん	晚餐
☞ 魚	魚	☞ 刺身	生魚片
☞ 黒ビール	生黑啤酒	☞ 焼酎	蒸餾酒

まだ～ 動詞－て い　ない/ません。

（還未～；還沒～。）

文型這樣用

❶. 表示尚未進行的動作。中譯為：還沒有～。

❷. 接續方法：まだ＋ 動詞－て ＋いない。

例文

①. レポートは　まだ　終わって　いません。（報告還未完成。）

②. 宿題は　まだ　書いて　いません。（作業還沒寫。）

會話開口說 ☺

まだ　まとめていません。（還沒整理好。）

課長：「鈴木さん、会議の資料は　もう　まとめましたか。」
（鈴木小姐，會議資料已經整理好了嗎？）

鈴木：「すみません、まだ　まとめて　いませんが。」
（抱歉，還沒整理好。）

課長：「あした　使いますから、急いで　ください。」
（因為明天要用，所以請快一點。）

鈴木：「はい、すぐ　やります。」（是的，我馬上做。）

單字帳

☞ まとめます	整理；歸納	☞ レポート	報告
☞ 急いで	快一點	☞ やります	做
☞ 上司	上司	☞ 部下	部下
☞ 提案	提案	☞ ニューアイディア	新點子
☞ 書類	文件	☞ 担当者	負責人
☞ 報告書	報告書	☞ 資格	證照資格

161

句型 131　～予定です。（預定～。）

文型這樣用

❶. 表示預定中要做的動作。中譯為：預定～。
❷. 接續方法：名詞の、動詞 V ＋予定

例文

①. 来週　アメリカへ　出張する予定です。（下禮拜預定去美國出差。）
②. 田中さんは　来年の 5 月に　結婚する予定です。
（田中小姐預定明年 5 月結婚。）

會話開口說 ☺

まだ　何も　予定は　ありません。（還沒什麼預定的行程。）

🧑 田村：「上田さん、来週　何か　予定が　ありますか。」
（上田先生，下禮拜有沒有什麼預定（行程）？）

🧑 上田：「そうですね。工場見学の予定が　あります。」
（嗯，有預定要參觀工廠。）

「田村さんは？」（田村先生呢？）

🧑 田村：「まだ　何も　予定が　ありません。」（我還沒什麼預定的行程。）

單字帳

☞ イタリア	義大利	☞ 出張する	出差
☞ 何か	（有）什麼	☞ 工場	工廠
☞ 見学	參觀	☞ 航空券	飛機票
☞ 空港	機場	☞ パスポート	護照
☞ チャンセル待ち	排候補	☞ エコノミークラス	經濟艙
☞ 税関	海關	☞ ファーストクラス	頭等艙
☞ ビジネスクラス	商務艙	☞ 成田空港	成田機場

句型 132

～ほど～（は）ない。

（沒有～更～的了；沒有～那麼～。）

文型這樣用

❶. 中譯為：沒有能與～相提並論的事情。表示前面的事物程度最高，相當於「沒有～那麼～」。

❷. 接續：名詞 ＋ほど＋ 名詞 ＋はない；動詞る ＋ほど＋ 名詞 ＋はない。

　　如：砂漠に　いると、水ほど　貴重なものは　ない。

　　（一旦在沙漠中，沒有比水更貴重的東西了。）

例文

①. 今年の夏は　去年ほど　暑くないです。（今年夏天沒有去年那麼熱。）

②. 寿司も　好きですが、すき焼きほど　好きじゃ　ありません。

（雖然也喜歡壽司，但是，沒有壽喜燒那麼喜歡。）

會話開口說

忙しいですが、先月ほど　忙しくないです。

（很忙，但沒有上個月那麼忙。）

A：「今月も　忙しいですか。」（這個月也很忙嗎？）

B：「はい、忙しいですが、先月ほど　忙しくないです。」

（是的，雖然很忙。但是沒有上個月那麼忙。）

A：「それは　よかったですね。」（那太好了。）

單字帳

☞ 暑くない	不熱	☞ 寿司	壽司
☞ 先月	上個月	☞ 今月	這個月
☞ 寒くない	不冷	☞ よかった	太好了
☞ 週末	週末	☞ 去年	去年

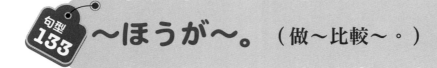

～ほうが～。（做～比較～。）

文型這樣用

❶. 用於提供建議和忠告給他人的時候。

❷. 接續：表示肯定的建議 → 動詞－た ＋ほうが～（做～比較～）。

❸. 接續：表示否定的建議 → 動詞－ない ＋ほうが～（不要做～比較～）。

例文

①. 体の調子が 悪いんですか。じゃ、休んだほうが いいですよ。
（身體不舒服嗎？那麼休息比較好喔。）

②. 薬を 飲んで いますから、お酒を 飲まないほうが いいです。
（因為在吃藥，所以別喝酒比較好。）

會話開口說 ☺

コーヒーに 砂糖を 入れないほうが おいしいです。

（咖啡不要加糖比較好喝。）

村上：「コーヒーの味を 味わうなら、コーヒーに 砂糖を
入れないほうが おいしいです。」
（要品嚐咖啡味道的話，咖啡不要加糖比較好喝。）

林：「そうですね。でも、ミルクティーはたくさん 砂糖を
入れたほうが おいしいですよ。」
（沒錯。但是奶茶加很多糖比較好喝喔。）

單字帳

☞ 体	身體	☞ 調子	狀況
☞ 薬を飲みます	吃藥	☞ 味	味道（味覺的）
☞ 味わう（動五／Ⅰ）	品嚐	☞ 砂糖	砂糖
☞ 調味料	調味料	☞ 味りん	味醂

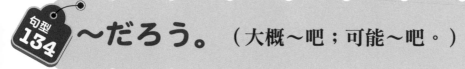

句型 134 ～だろう。（大概～吧；可能～吧。）

文型這樣用

❶. 表示推測。「でしょう」的普通體用法。

❷. 前面常接「たぶん」（大概）、「きっと」（一定）一起使用。

❸. 接續方法：名詞、な形、い形、動詞 的普通形＋だろう。
　　但「名詞」「な形」的「だ」則要省略。

　　如：元気だ → 元気だろう。（有精神的吧。）

　　　　きれいだ → きれいだろう。（漂亮的吧。）

例文

①. あした　たぶん　雨は　降らないだろう。（明天大概不會下雨吧。）

②. きっと　花は　咲くだろう。（花一定會開吧。）

會話開口說 ☺

きっと　おいしいだろう。（一定很好吃吧。）

A：「このパン屋の　パンは　おいしいですか。」
（這家麵包店的麵包好吃嗎？）

B：「きっと　おいしいだろう。いつも　店が　込んで
いるから。」（一定很好吃吧。因為店裡總是擠很多人。）

A：「本当ですね。じゃ、今度　私たちも　買いに　行きましょう。」
（真的耶！那麼，下次我們也去買吧。）

B：「うん。一度　食べて　みたいね。」（好啊。我也想嚐嚐看。）

單字帳

☞ なんとかなる	船到橋頭自然直	☞ たぶん	大概
☞ パン屋	麵包店	☞ パン	麵包

PART1 日常會話，不可缺200句型

句型 135

～（だろう）と思う。

（我認為～；我想～；我覺得～。）

文型這樣用

❶. 用於陳述個人的意見、感想或對某事的推測等。中譯為：我覺得～。

❷. 接續方法：名詞、な形、い形、動詞 的普通形＋と思う。

例文

① 英語で レポートを 書くのは 大変だろうと 思います。
（我想用英文寫報告很辛苦吧。）

② アフリカ人の生活は きびしいだろうと 思います。
（我覺得非洲人的生活一定很嚴酷吧。）

③ 今年も たぶん 物価が 上がるだろうと 思います。
（我認為今年的物價大概又會上漲吧。）

會話開口說 😊

もうすぐ 来ると 思います。（我想快到了。）

👦 Ａ：「陳さんは 遅いですね。」（陳先生好慢啊。）

👦 Ｂ：「もうすぐ 来ると 思います。さっき 陳さんから 電話が
ありましたから。」（我想快到了，因為剛才陳先生有打電話來。）

👦 Ａ：「そうですか。じゃ、もう少し 待ちましょう。」
（這樣啊，那就再等一下吧。）

 單字帳

☞ きびしい	嚴格的；嚴酷的	☞ もうすぐ	馬上
☞ 来る	來	☞ さっき	剛剛
☞ もう少し	再一點點；再一會兒	☞ もうちょっと	再一點點；再一會兒
☞ 早い	早的（時間）	☞ 速い	快的（速度）

句型 136 ～らしい。（似乎～；好像～。）

文型這樣用

❶. 表示說話者依客觀的事實、跡象等所做出的推測、判斷。

❷. 接續方法：名詞、な形、い形、動詞 的普通形＋らしい。

但是 名詞、な形 則直接＋らしい。

如：暇らしい。（似乎有空。）；きれいらしい。（似乎很美。）

例文

①. 何か　起こったらしい。（好像發生什麼事了。）

②. 田中さんは　家に　いないらしい。（田中先生好像不在家。）

會話開口說 ☺

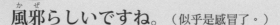

風邪らしいですね。（似乎是感冒了。）

A：「小川さんは　顔色が　悪いですね。」（小川小姐臉色很差啊。）

B：「そうですね。風邪らしいですね。」（是啊，似乎是感冒了。）

A：「大丈夫ですか。」（不要緊嗎？）

B：「会社を　休んだほうが　いいと　思います。」
（我覺得跟公司請假比較好。）

☞ 悪い	不好的；差的	☞ 顔色	臉色
☞ 食欲が　ありません	沒食欲	☞ 大丈夫	不要緊
☞ 頭痛	頭痛	☞ 胃が　痛い	胃痛
☞ 胃痛	胃痛	☞ 吐き気が　あります	想吐
☞ 下痢します	拉肚子	☞ 咳が　止まりません	一直咳嗽
☞ 熱が　あります	發燒	☞ がん	癌症

句型 137 ～みたい。 （像～似的。）

文型這樣用

❶.「ようだ」的口語表現，有推測和比喻的兩種意思。

❷. 接續方法：名詞＋みたいだ；名詞＋みたいな＋名詞；名詞＋みたいに ＋形容詞／動詞。

※ 表示某種事物的樣子或內容，類似其他的事物（舉出例子）。如例文①、 ②、③。表示不確定的判斷。如例文④。

例文

①. お寺みたいな建物が　好きです。（喜歡像寺廟的建築物。）

②. そのしゃべり方は　先生みたいです。（那種說話方式像老師似的。）

③. 君みたいに　仕事熱心な人は　あまり　いないですよ。
（像你這樣投入工作的人很少啊。）

④. 外は　雪が　降って　いるみたいだ。（外面好像下著雪。）

會話開口說 ☺

ジュースみたいな　お酒しか　飲みません。（只喝像果汁的酒。）

田中：「あれ、高橋さんは　あまり　このお酒を 飲まないんですね。」（咦，高橋小姐不太喝這種酒啊。）

高橋：「そうですね。私は　ジュースみたいな　お酒しか 飲みません。」（是的，我只喝像果汁的酒。）

田中：「そうですか。初めて　聞きました。」
（是這樣子啊。第一次聽到。）

單字帳 🐱

☞ しゃべり方	說話方式	☞ 建物	建築物
☞ 君	你（男性用語）	☞ 神様	神明

句型 138

～かも　しれない/しれません。

（可能～；說不定～。）

文型這樣用

1. 根據自己主觀判斷，陳述可能性時使用。

2. 接續方法：名詞、な形、い形、動詞的普通形＋かもしれない。

但「名詞」、「な形」的「だ」則要省略。

如：大変だ → 大変かもしれない。（可能很麻煩。）

新鮮かもしれない。（可能很新鮮。）

例文

①. もしかしたら　風邪かもしれない。

（可能是感冒了。）

②. 来週は忙しいから、パーティーに　行けないかもしれません。

（因為下禮拜很忙，說不定不能去派對了。）

會話開口說

来年　会社を　やめるかもしれません。（明年說不定會辭職。）

陳：「日本へ　留学したいですから、来年　会社を

やめるかもしれません。」

（因為我想去日本留學，所以明年說不定會辭職。）

鈴木：「本当ですか。いいじゃないんですか。」

（真的嗎？聽起來不錯。）

單字帳

☞ 雨季	雨季	☞ 涼しい	涼爽的
☞ 暖かい	溫暖的	☞ 肌寒い	有涼意的
☞ 蒸し暑い	悶熱的	☞ 四季	四季

句型 139　〜はず　だ/です。（應該〜。）

文型這樣用

❶. 說話者根據發展來做出預測或判斷，而這種推測並非說話者的想像或主觀猜測，一般是根據客觀事實而得出的判斷。同時，這個判斷不只是說話者自己的意見，也是別人應該認同的正確推論。

❷. 接續：名詞＋の、な形－な、い形－い、動詞Ｖ／ない＋はず。

例文

①. 日曜日ですから、学校の食堂は　休みのはずです。
（因為是星期天，學校的餐廳應該休息。）

②. 東京の物価は　高いはずです。（東京的物價應該很貴。）

③. 近所に　コンビニが　あれば、便利なはずです。
（附近有超商的話，應該會很方便。）

④. 約束しましたから、彼女は　来るはずだ。
（因為已經約好了，她應該會來。）

會話開口說

行かないはずです。（應該不去了。）

A：「彼は　旅行に　行かないんですか。」（他不去旅行嗎？）

B：「用事が　あると　言いましたから、行かないはずです。」
（因為他說有事，應該不去了。）

A：「そうですか。残念ですね。」（這樣子啊。真可惜。）

單字帳

☞ 花屋	花店	☞ 用事が　あります	有事
☞ 銭湯	大眾澡堂	☞ 金物屋	五金行
☞ 酒屋	小酒館	☞ クリーニング屋	洗衣店

句型 140

～はずが　ない/ありません。

（絕不會～；不可能～。）

文型這樣用

❶. 說話者用來否定某種可能性，主觀意識強烈，常與副詞「絶対」、「決して」（絕對不～）等一起使用。

❷. 與相似語「～ないはずだ」不同的是，「～はずがない」是表示百分之百的否定，而「～ないはずだ」卻還有一點可能性存在。

❸. 接續方法：名詞＋の、な形－な、い形、動詞 V ＋はずが　ない。

例文

①. もうすぐ　お正月ですから、デパートの仕事は　暇なはずが

ありません。（已經快過年了，百貨公司的工作不可能有空的。）

②. やさしい彼なら、そんなひどいことを　言うはずがない。
（如果是溫柔的他，應該不會說這麼過分的話。）

會話開口說 😊

私にできることが　君に　できないはずが　ない。

（我能做的事，你不可能不會。）

🧑 田中：「健太君、私にできることが　君に　できないはずが　ない。」
（健太君，我能做的事，你不可能不會。）

「頑張って。ずっと　応援するから。」（加油！我會一直支持你。）

🧒 鈴木：「はい、わかりました。一生懸命　頑張ります。」
（是、我知道了，我會加油。）

單字帳

☞ お正月	過年	☞ できること	能做的事
☞ 文化の日	文化節（11/3）	☞ 天皇誕生日	天皇誕辰（12/23）

句型 141 ～よう だ/です。（好像～；似乎～。）

文型這樣用

❶. 依說話者所接受到的訊息、現象或根據，對事物做出主觀推測或判斷的表現句型。這邊要注意的是，前面所提到過的「～そうだ」及「～らしい」，除了推測表現以外，都還有「傳聞」表現的用法，但是本篇的「～ようだ」並無傳聞表現的用法。

❷. 接續方法：名詞＋の、な形－な、い形－い、動詞V ＋ようだ。

例文

①. 彼はコートを 着て います。外は 寒いようです。
（他穿著大衣，外面好像很冷的樣子。）

②. 声が 聞こえます。隣の部屋に 人が いるようです。
（可以聽到聲音，隔壁房間好像有人。）

會話開口說 😊

いつも 若者のようですね。（總是像個年輕人啊。）

A：「小林おじいさんは とても元気ですね。」
（小林爺爺非常有朝氣啊。）

B：「そうですね。いつも 若者のようですね。」
（是啊，總是像個年輕人啊。）

A：「おもちゃを つくるのも上手で、子供たちに すごく 人気が ありますね。」（而且也很會做玩具，在小孩子之間很受歡迎呢。）

單字帳

☞ ～が 集まっています	聚集著～	☞ 若者	年輕人
☞ 事故	車禍；意外	☞ 年上	老年人
☞ 最新型	最新機種	☞ デジタルカメラ	數位相機
☞ おもちゃ	玩具	☞ 大人気	受歡迎

動詞命令形 （去～！；給我～！）

文型這樣用 🐱

❶.「動詞命令形」，就是命令別人時使用的句型，以動詞變化的形式來表現。如果是基礎的「～てください」，雖然是請求別人做什麼事，但是語氣並不比命令形強烈。在口語表現上，命令形多是男性使用，如果女性想使用命令語氣，就會使用「～なさい」這個句型（用法為：「動詞 V₂」＋「なさい」），就是溫柔一點的「動詞命令形」。

　　如：早く　起きなさい。（快起床！）

❷. 使用關係：男性友人之間的指示或請託時；年長的男性對晚輩；父親苛責、命令或指示小孩做某事時；上司命令部下；老師命令學生時。

❸. 不含意志的動詞，如「ある」「できる」「わかる」等是沒有命令形的。

動詞命令形的變化

五段動詞／Ⅰ		一段動詞／Ⅱ		不規則動詞／Ⅲ	
辭書形 （う段）	命令形 （え段）	辭書形 （る）	命令形 （ろ）	辭書形	命令形
行く	行け	起きる	起きろ	来る	来い
				する	しろ；せよ

例文

①.交通規則を　守れ。（給我遵守交通規則！）

②.静かに　しろ。（給我安靜！）

會話開口說 😃

　　早く　ピーマンを　食べろ！（快吃青椒！）

👦息子：「大嫌い！ピーマンなんか　食べたくない！」

　　　　（好討厭哦！不想吃青椒！）

父親：「早く　ピーマンを食べろ！」
（快吃青椒！）

單字帳

☞ 石焼ビビンバ	石鍋拌飯	☞ 面白くない	不有趣
☞ なす	茄子	☞ チャーハン	炒飯
☞ 醤油	醬油	☞ シューマイ	燒賣
☞ 酸っぱい	酸的	☞ 甘い	甜的
☞ 苦い	苦的	☞ しょっぱい	鹹的
☞ 食パン	吐司麵包	☞ 込んで　います	擁擠
☞ 厚いトースト	厚片吐司	☞ バゲット	法國麵包
☞ ハム	火腿	☞ きのこ	磨菇

句型 143　動詞Ⅴ な。 （別～；不准～。）

文型這樣用

❶. 此為表示「禁止」的用法，禁止別人做某項動作，中譯為：別～。

❷. 跟上一篇命令形一樣，「動詞Ⅴ＋な」的語氣也是強烈的，因此多為男性使用，女性則使用「～ないで　ください」來表示禁止的語氣。

❸. 接續方法：　動詞Ⅴ　＋な。

例文

① . その機械に　触るな。（別碰那台機器。）

② . 人の　陰口を　言うな。（別在別人背後說壞話。）

③ . 勝手に　私のことを　決めるな。（別擅自決定我的事。）

④ . タバコを　吸うな。（不准抽菸。）

⑤ . 家に　帰るな。（不准回家。）

⑥ . 勝手に　手紙を　開けるな。（別隨便打開信。）

會話開口說 😊

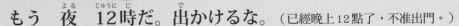

もう　夜　12時だ。出かけるな。（已經晚上12點了，不准出門。）

息子：「今から　コンビニに　行くんだけど。」
（現在要去超商。）

父親：「もう　夜　12時だ。出かけるな。」
（已經晚上12點了，不准出門。）

息子：「じゃ、あした　行く。」（那，明天去。）

單字帳

☞ 機械	機器	☞ 触ります（動五／Ⅰ）	觸碰
☞ 陰口	背後壞話	☞ 勝手に	擅自地
☞ カップメン	泡麵	☞ 出かけます（動一／Ⅱ）	出門

句型 144　〜は〜という意味です。（是〜意思。）

文型這樣用

❶. 用於說明「單字的定義」、「圖片」或「標誌」等的意思。
問句時，「という意味（ですか）。」與「ということ（ですか）。」意
思相近，可做替換，口語時「ですか」可省略。

❷. 接續方法：動詞命令形、禁止形、普通形 ＋ という意味です。

例文

①.「立ち入り禁止」は　ここに　入るなという意味です。
（「立入禁止」是不准進入這裡的意思。）

②.「天地無用」は　上と下を　逆に　しないで　くださいという
意味です。（「天地無用」是指（物品）請不要上下倒置的意思。）

會話開口說 ☺

喫煙は　タバコを　吸ってもいいという意味です。

（「喫煙」是可以抽菸的意思。）

A:「『喫煙』は　どういう意味ですか。」（「喫煙」是什麼意思？）

B:「『喫煙』は　タバコを　吸ってもいいという意味です。」
（「喫煙」是可以抽菸的意思。）

A:「じゃ、『禁煙』は　タバコを　吸うのを　禁止するという
意味ですね。」（那麼，「禁煙」是禁止抽菸的意思吧。）

B:「はい、そうです。」（嗯，沒錯。）

單字帳 😋

☞ 立ち入り禁止	不准進入	☞ 喫煙	抽菸
☞ 意味	意思	☞ タバコ	香菸
☞ 禁煙	禁菸	☞ 天地無用	（物品）不要上下倒置

句型 145 ～は 何と 読むんですか。
（～怎麼唸？）

文型這樣用

用於解釋詞彙的唸法或讀音。中譯為：～怎麼唸？

例文

漢字：「凪」

A：この漢字は 何と 読むんですか。（這個漢字怎麼唸？）

B：この漢字は 「なぎ」と 読みます。（這個漢字讀做「なぎ」。）

會話開口說 ☺

失礼ですが、お名前は 何と 読むんですか。

（不好意思請問一下，您的名字怎麼唸？）

李：「失礼ですが、お名前は 何と 読むんですか。」
（不好意思請問一下，您的名字怎麼唸？）

五十嵐：「いがらし・あやこです。」
（是「いがらし・あやこ（五十嵐　綾子）」。）

李：「はい。分かりました。」
（是，我懂了。）

單字帳

☞ 漢字	漢字	☞ 失礼ですが	不好意思請問一下
☞ 何と 読むんですか	怎麼唸	☞ 五十嵐	五十嵐（日本姓氏）
☞ 沖中	沖中（日本姓氏）	☞ 山本五十六	山本五十六（人名）
☞ 真面目（な）	認真的	☞ 是非	務必
☞ 怪我人	傷患	☞ 我慢する	忍耐

句型146 すみませんが、○○に〜と伝えていただけませんか。

（抱歉，可否請您向○○轉達〜。）

文型這樣用

❶. 用於請託幫忙傳話時。中譯為：抱歉，可否請您向某人轉達〜。
❷. 接續方法：動詞Ｖ＋と伝えていただけませんか。

例文

①. すみませんが、山田さんに　10分ほど　遅れると
伝えていただけませんか。
（抱歉，可否請您向山田先生轉達我大約會遲到十分鐘左右？）

②. すみませんが、木村さんに　明日のパーティーは　7時から　だと
伝えていただけませんか。
（抱歉，可否請您向木村小姐轉達明天的派對是七點開始？）

會話開口說 😊

部長に　伝えて　いただけませんか。（可否請您向部長轉達？）

A：「すみませんが、部長に　都合で　急に　一週間ほど
帰国しなければ　ならないと　伝えていただけませんか。」
（抱歉，可否請您向部長轉達，我因個人狀況突然必須回國一個禮拜。）

B：「はい、わかりました。」（好的，我了解了。）

單字帳

☞ 〜ほど	大約	☞ 伝えます	傳達
☞ 都合	狀況	☞ 急に	突然地
☞ 帰国します	回國	☞ 部長	部長

句型 147

～とおりに、～。（照著～，做～。）

文型這樣用

❶. 使用於以某人所進行或示範的動作做為規範，指示某人照著做。中譯為：
照著～做～。

❷. 接續方法：名詞の、動詞V、動詞－た ＋とおりに。

例文

①. 説明書の　とおりに、本棚を　組み立てて　ください。
（請照著說明書組裝書架。）

②. 先生が　言ったとおりに、紙に　もう一度　書いて　ください。
（請照著老師說的在紙上再寫一次。）

會話開口說

番号のとおりに　押せば　いいですよ。（照著號碼順序按就可以了。）

A：「すみません、このコピー機の使い方が　分からないんですが。」
（不好意思，我不知道這台影印機的用法。）

B：「番号のとおりに　押せば　いいですよ。」
（照著號碼順序按就可以了。）

A：「そうですか。ありがとう　ございました。」（是這樣嗎？謝謝。）

B：「いいえ、どういたしまして。」（不會，不客氣。）

單字帳

☞ 説明書	說明書	☞ 食器洗い機	洗碗機
☞ 組み立てます	組裝	☞ コピー機	影印機
☞ 使い方	使用法	☞ 番号	號碼
☞ 洗濯機	洗衣機	☞ 炊飯器	電鍋
☞ 電子レンジ	微波爐	☞ 除湿器	除濕機

句型 148 　～後で　（～之後，做～。）

文型這樣用

1. 表示動作順序。中譯為：～之後，（做）～。
2. 接續方法： 名詞の、動詞－た ＋後で。

例文

①. お風呂の後で、散歩に　行きます。（洗完澡之後，去散步。）
②. 食事した後で、いつも　お茶を　飲んで　います。
　　（吃完飯之後，總是會喝茶。）

會話開口說 ☺

仕事が終わった後で、ゆっくり　話しましょう。

（工作結束之後，慢慢聊吧。）

田村：「坂本さん、今晩　時間が　あいて　いますか。」
　　　（坂本先生，今晚有空嗎？）

坂本：「はい。どうしてですか。」（嗯。為什麼這麼問？）

田村：「ちょっと　相談したい事が　あります。」
　　　（因為有點事想找你商量。）

坂本：「じゃ、仕事が終わった後で　どこかで　ゆっくり　話しま
　　　しょう。」　（那麼工作結束之後，慢慢聊吧。）

田村：「はい。」（好啊。）

單字帳

☞ お風呂	洗澡；浴室（名）	☞ 気楽	輕鬆的
☞ 相談します	商量	☞ ドライブ	兜風
☞ 旅行します	旅行	☞ パチンコ	柏青哥

句型 149　前項動詞 ないで 後項動詞

（沒～就～；沒～反而～；因為沒～而～。）

文型這樣用

❶. 表示沒做前項動作，就進行後項動作。

❷. 接續方法：前項動詞 ＋ないで＋ 後項動詞

例文

①. 中譯為：沒～就～

朝ごはんを　食べないで、出かけました。（沒吃早餐就出門了。）

辞書で　調べないで、宿題を　しました。（沒查字典就寫了作業。）

②. 中譯為：沒～反而～

先生が来ないで、学生が　来た。（老師沒來反而學生來了。）

會話開口說

本を　見ないで、作りました。（沒有看書做的。）

鈴木：「陳さんの作った料理は　おいしいですね。」
（陳小姐做的料理真好吃啊。）

陳：「本当ですか。ありがとう　ございます。」（真的嗎？謝謝。）

鈴木：「レシピを　見て、作りましたか。」（是看食譜做的嗎？）

陳：「いいえ。本を　見ないで、作りました。」（不，沒有看書做的。）

鈴木：「へえ、すごいですね。」（哦，好厲害啊！）

陳：「そんなことないですよ、難しくない料理ですから。」
（沒有啦，因為不是難做的料理。）

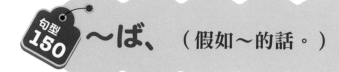

句型 150　～ば、（假如～的話。）

文型這樣用

❶. 表示假設語氣，中譯為：假如～的話。

❷.「ば」的變化： 名詞 であれば、 な形 であれば、
　　　　　　　　 い形 去い＋ければ、 動詞 ＋ば

動詞ば形的變化

五段動詞／Ⅰ		一段動詞／Ⅱ		不規則動詞／Ⅲ	
辭書形 （う段）	假定形 （え段）＋ば	辭書形 （る）	假定形 （れば）	辭書形	假定形
行く	行けば	起きる	起きれば	来る	来れば
				する	すれば

❸. 敘述一般真理、諺語。如例文①、②。

❹. 意指要使後項的事情成立或實現時，必須先要滿足前項的條件。如例文 ③。

❺. 說話者就他人的說話內容，所提出類似建議或指示的語氣。如例文④。
　　※ 否定「ない」→「なければ」
　　如：病気じゃ（では）ない → 病気じゃ（では）なければ。（如果不是 生病的話。）

例文

①. 朱に 交われば、赤く なる。（近朱者赤。）

②. 春に なれば、暖かく なります。（一到春天的話，就會變暖和。）

③. おいしければ、たくさん 買います。（好吃的話，會買很多。）

④. A：申込書の書き方が わかりません。（我不懂申請書的寫法。）

　　B：わからなければ、係りに 聞いて ください。
　　（不懂的話，請詢問負責人員。）

會話開口說 😊

都合が　よければ　コーヒーでも　飲みましょうか。

（如果方便的話，喝杯咖啡吧。）

A：「山田さん、あした　都合が　よければ　コーヒーでも　飲みましょうか。」

（山田小姐，明天如果方便的話，喝杯咖啡吧。）

B：「はい、午後なら、いいです。」

（嗯，是下午的話就可以。）

單字帳

☞ キモイ	噁心的	☞ 赤い	紅色的
☞ 書き方	寫法	☞ 申込書	申請書
☞ やわらかい	柔軟的	☞ 係り	負責人員
☞ 濃い	濃的	☞ 薄い	淡的
☞ 汚い	髒的	☞ 建築士	建築師
☞ ガイド	導遊	☞ 会社員	公司職員

句型 151

～ば～ほど～。（越～的話，就越～。）

文型這樣用

1. 中譯為：越～的話，就越～。

2. 接續方法： 動詞／形容詞 （假定形）＋ 動詞／形容詞 ＋ほど

例文

① 北へ　行けば行くほど　寒くなります。（越往北走就越冷。）

② 料理が　おいしければおいしいほど　お客さんが　増えて　きます。
（料理越好吃的話，客人就越會增加了。）

③ このケーキは　食べれば食べるほど　おいしく　なります。
（這個蛋糕越吃越好吃。）

④ 寒ければ寒いほど　コートの売れ行きが　よく　なります。
（天氣越冷的話，大衣的銷路就越好。）

會話開口說 ☺

話せば話すほど　上手に　なります。（越說越熟練。）

学生：「先生、どうすれば　日本語の会話が　上手に　なりますか。」
（老師，要怎麼做，日文會話才會更熟練呢？）

先生：「よく　日本人と　日本語を　話せば話すほど　上手に
なります。」（越常跟日本人說日文的話，日文會越熟練。）

学生：「はい。わかりました。」（是的，我了解了。）

單字帳

☞ 北	北方	☞ どうすれば	怎麼做
☞ 増えます（動一／Ⅱ）	增加	☞ 会話	會話
☞ 話します（動五／Ⅰ）	談話；說話	☞ 南	南方
☞ 東	東方	☞ 西	西方

PART1 日常會話，不可缺200句型

句型 152 **〜なら、** （假如〜的話。）

文型這樣用 🐈

❶. 假設語氣。表示說話者對他人的話題做出主觀判斷或提出主張。

❷. 名詞、な形、い形、動詞V ＋なら

❸. 常用句型： な形 なら な形 なほど〜。（越〜就越〜。）

　　如：試験は　簡単なら簡単なほど　いいです。（考試越簡單越好。）

例文

A：母の誕生日の　プレゼントを　買いたいですが、何が　いいですか。
　　（我想買媽媽的生日禮物，買什麼好呢？）

→お母さんの誕生日のプレゼントなら　スカーフが　いいです。
　　（如果是媽媽的生日禮物的話，絲巾不錯。）

→お母さんの誕生日の　プレゼントを　買うなら　スカーフが

　　いいです。（如果是買媽媽的生日禮物的話，絲巾不錯。）

會話開口說 ☺

あんな人なら、友達に　なりたくないです。

（如果是像那樣子的人的話，不想跟他當朋友。）

🧑田中：「彼は　本当に　けちですね。」
　　（他真的很小氣耶。）

🧑鈴木：「あんな人なら、友達に　なりたくないです。」
　　（如果是像那樣子的人，不想跟他當朋友。）

🧑田中：「まあ、その気持ちはわかりますね。」（唉，我懂這種心情。）

單字帳 🐼

| ☞ スカーフ | 絲巾 | ☞ 簡単（な） | 簡單的 |
| ☞ 賢い | 聰明的 | ☞ けち（な） | 小氣的 |

句型 153　～ように（為了～。）

文型這樣用

1. 表示目的。意指為了達到某種狀態，所做的意志性行為。
2. 接續方式：動詞可能形／無意志性動詞（わかる、見える、聞こえる）的辭書形＋よう（に），動詞－ない＋よう（に）。

例文

① よく　聞こえるように、もっと　大きい声で　話して　ください。
（為了能聽清楚，所以請再說大聲一點。）

② 約束を　忘れないように、手帳に　書いて　おいたほうが
いいですよ。（為了不忘記跟人的約定，事先寫在記事本上比較好哦。）

會話開口說

日本語が　上手に　話せるように　なりたいんですが。
（我想要日文能說得好。）

A：「日本語が　上手に　話せるように　なりたいんですが。」
（我想要日文能說得好。）

B：「じゃ、よく　日本人の友達と　話せば　いいと　思います。」
（那麼，常跟日本朋友說話的話我覺得不錯。）

單字帳

☞ 聞こえます（動一／Ⅱ）	聽得見	☞ もっと	更加
☞ 声	聲音（用於有生命體的）	☞ 約束	約定
☞ ノート	筆記本	☞ 話せます（動一／Ⅱ）	會說
☞ 音	聲音（用於非生命體的）	☞ 言語交換	語言交換
☞ 日記帳	日記本	☞ 原稿用紙	稿紙
☞ 悔しい	後悔的	☞ 懐かしい	懷念的

句型 154 動詞可能形 ように　なった。

（變得會～；變得能～。）

文型這樣用

❶. 表示狀態或能力的轉變。中譯為：變得能～；變得會～。

❷. 動詞可能形、動詞 Ｖ ＋ようになる。

例文

①. もう　車の運転が　できるように　なりました。（已經會開車了。）

②. 一歳になった翔ちゃんは　一人で　歩けるように　なりました。
（一歲的小翔已能走路。）

會話開口說 ☺

二、三種類の料理が　作れるように　なりました。

（可以做兩、三種的料理了。）

橋本：「高さんは　フランス料理を　習って　いますね。

　　　　どうですか。」（高小姐在學法國料理吧，如何呢？）

高：「はい、二、三種類の料理が　作れるように　なりました。」
（是的，可以做兩、三種的料理了。）

橋本：「今度　食べさせて　ください。」（下回請讓我嚐嚐吧。）

高：「はい、いいですよ。」（嗯，好呀。）

單字帳

☞ 運転	開車	☞ 種類	種類
☞ フランス料理	法國料理	☞ 習います（動五／Ｉ）	學習
☞ 作れます（動一／Ⅱ）	會做；能做	☞ 食べさせます（動一／Ⅱ）	讓～吃
☞ 鍋物	火鍋	☞ 揚げ物	炸物
☞ 炒めます（動一／Ⅱ）	炒	☞ 切ります（動五／Ｉ）	切

句型 155

動詞可能形 なく なった。

（變得無法～；變得不能～。）

CD ▶ 155

文型這樣用

1. 表示狀態或能力轉變。中譯為：變得無法～；變得不能～。

2. 否定的改法： 動詞可能形 なく なる。

　　如：話せない。（不能說。）→ 話せなくなる。（變得無法說。）

3. 本身就具有變化的動詞不適合此句型。如「太る」（胖）、「痩せる」（瘦）、「慣れる」（習慣）等。

例文

①. 足が 痛くて、歩けなく なりました。（腳很痛，變得沒辦法走路了。）

②. また、スカイプの WEB カメラが 使えなく なりました。

　　（Skype的網路攝影機又不能用了。）

會話開口說 😊

　　　披露宴は 行けなく なりました。（喜宴無法去了。）

陳：「あのう、田村さん。」（那個……田村先生。）

田村：「はい。何ですか。」（是的，有什麼事？）

陳：「すみません。急用が できて、あしたの披露宴は 行けなく

　　なりました。」（抱歉，因為突然有急事，所以明天的喜宴無法去了。）

田村：「そうですか。分かりました。」（這樣子啊，我知道了。）

單字帳 😊

☞ 太ります（動五／I）	胖	☞ 痩せます（動一／II）	瘦
☞ 慣れます（動一／II）	習慣	☞ 急用	急事
☞ 老人ホーム	老人院	☞ 整形外科	整型外科

句型 156

動詞V ように　する/します。

（做～；盡可能～。）

文型這樣用

❶. 常與「必ず」（務必；一定）、「絶対に」（絕對）、「できるだけ」（盡量；盡可能）等副詞一起使用。

❷. 接續方法：動詞V、動詞－ない＋ようにする。

❸. 用來表示盡可能維持的習慣，如例文①。盡可能去做某事，如例文②。

例文

①. 教室では　日本語を　話すように　しましょう。（在教室都說日文吧。）

②. できるだけ　辛いものを　食べないように　して　います。
　　（盡可能不要吃辣的食物。）

會話開口說

家族と　晩御飯を　食べるように　して　います。

（盡可能跟家人吃晚餐。）

林：「趙さん、毎日　忙しいですね。家族と　食事する時間が

ありますか。」（趙先生每天都很忙呢，有時間跟家人吃飯嗎？）

趙：「はい。どんなに　忙しくても、毎日　必ず　家族と　晩御飯を

食べるように　して　います。」

（有的。無論多忙，每天一定盡量跟家人吃晚餐。）

林：「そうですか、いいですね。」（這樣啊，很好呢。）

單字帳

☞ 必ず	務必；一定	☞ 絶対に	絕對
☞ できるだけ	盡量；盡可能	☞ どんなに	再怎麼～
☞ 鍋焼きうどん	鍋燒烏龍麵	☞ とんかつ	炸豬排

句型 157 ～れる/られる。（被～。　＊被動動詞）

文型這樣用

❶. 被動式，日文稱做「受身形」。中譯為：被～。

❷. 被動句子中，受動者的助詞為「に」或「から」。

如例文① 先生に（被老師）。

❸. 若是受動者為公司或學校等，則助詞用「から」。

如例文② 学校から（被學校）。

受身形的變化如下

五段動詞／Ⅰ		一段動詞／Ⅱ		不規則動詞／Ⅲ	
辭書形（う段）	受身形（あ段）＋れる	辭書形（る）	受身形（られる）	辭書形	受身形
行く	行かれる	起きる	起きられる	来る	来られる
				する	される

例文

①. **表示從某人那裡承受某個動作。（被某人～。）**

私は　先生に　褒められました。（我被老師稱讚。）

私は　学校から　招待されました。（我被學校邀請。）

※當所有物受到某些行為時，所有物不當主詞。如：私の足。

私は　橋本さんに　足を　踏まれました。（我被橋本先生踩到腳。）

②. **表達某些行為帶給自己困擾或不悅時的語氣。**

観光バスの中で　子供に　泣かれました。（※感到困擾）

（在遊覽車裡，小孩竟然哭了。）

③. **以事物本身為主詞，客觀敘述其社會性、歷史性或一般事實的情況時。**

このビルは　2000年に　建てられました。

（這棟大樓是二〇〇〇年蓋好的。）

彼の小説は　去年　出版されました。（他的小說是去年出版的。）

※ 提及作者或發明者等，則受動者後面的助詞是用「によって」。

《我輩は猫である》という小説は　夏目漱石によって　書かれました。

（《我是貓》的小說是由夏目漱石寫的。）

會話開口說 😃

誰かに　間違えられて、困りました。（被某個人搞錯了，真傷腦筋。）

山田：「傘を　誰かに　間違えられて、困りました。」

（我的傘被某個人搞錯了，真傷腦筋。）

陳：「そうですか。大変ですね。じゃ、一緒に行きましょう。」

（這樣子啊，真傷腦筋耶。那，一起走吧。）

單字帳

☞	褒めます（動一／Ⅱ）	稱讚	☞	招待します（サ變／Ⅲ）	招待
☞	踏みます（動五／Ⅰ）	踩；踏	☞	泣きます（動五／Ⅰ）	哭泣
☞	建てます（動一／Ⅱ）	建造	☞	出版します（サ變／Ⅲ）	出版
☞	夏目漱石	夏目漱石	☞	間違えます（動一／Ⅱ）	搞錯
☞	傘を差します（動五／Ⅰ）	撐傘	☞	傘を窄めます（動一／Ⅱ）	收傘

動詞V のは 形容詞（做～很～。）

文型這樣用

❶. 用於敘述對做某件事情（主題）的感想、評價。

❷. 常用形容詞：「易しい」（簡單的）、「難しい」（困難的）、「楽しい」（愉快的）、「気持ちがいい」（感覺好的）、「気持ちが悪い」（感覺不好的）、「面白い」（有趣的）、「危ない」（危險的）、「大変」（麻煩的）等。※形容詞的變化請參考句型33、34。

❸. 當下列 動詞V 或 動詞普通形 ＋の時，即是名詞化，而此名詞化的部分是整個句子的主題。

例文

①. 単語を　覚えるのは　難しいです。（背單字很困難。）
②. 犬と　遊ぶのは　楽しい。（跟狗玩很開心。）

會話開口說 :)

温泉に　入るのは　どうですか。（覺得泡溫泉如何？）

王：「鈴木さんは　温泉が　好きですね。」（鈴木小姐喜歡溫泉啊。）

鈴木：「はい。そうです。」（嗯，是的。）

王：「温泉に　入るのは　どうですか。」（覺得泡溫泉如何？）

鈴木：「気持ちが　いいですよ。」（感覺很舒服喔。）

單字帳

☞ 生花	插花	☞ 水着	泳裝
☞ 柔道	柔道	☞ サッカー	足球
☞ プール	泳池	☞ 恥ずかしい	害羞的
☞ 温泉に入ります（動五／Ⅰ）	泡溫泉	☞ DVDを見ます（動一／Ⅱ）	看DVD

動詞V のが 形容詞 だ。

文型這樣用

❶. 用於表示對某件事或主題的嗜好、能力等。

❷. 常用形容詞：「上手」（好的）、「下手」（差的）、「好き」（喜歡的）、「嫌い」（討厭的）、「早い」（時間早的）、「速い」（速度快的）、「遅い」（時間晚的；速度慢的）等。

例文

①. 彼は 歩くのが 速いです。（他走路很快。）

②. 佐々木さんは 料理を 作るのが 上手です。
（佐佐木小姐料理做得很好。）

會話開口說

人の前で 歌を 歌うのが 好きじゃありません。

（不喜歡在人前唱歌。）

A：「人の前で 歌を 歌うのが 好きですか。」（喜歡在人前唱歌嗎？）

B：「いいえ。私は 恥ずかしがりやですから、人の前で 歌を 歌うのが 好きじゃありません。」
（不，我因為容易害羞，所以不喜歡在人前唱歌。）

A：「そうですか、残念ですね。僕は カラオケが 大好きですが。」
（這樣子啊，真可惜。可是我最喜歡唱卡拉OK了。）

☞ 曲	歌曲	☞ 人の前	人前
☞ シンガー	歌手	☞ 恥ずかしがりや	容易害羞的人
☞ アイドル	偶像	☞ バンド	樂團
☞ ステージ	舞台	☞ アンコール	安可

193

句型 160 動詞Ⅴ のを 忘れた。

（忘記做～。）

文型這樣用

❶. 意指忘記了必須做或是預定要做的事。中譯為：忘記做～。

❷. 接續方法：動詞Ⅴ＋のを 忘れた。

例文

①. 会社に 電話するのを 忘れました。大変です。

（忘了打電話給公司了，真糟糕。）

②. パスポートを 持って 来るのを 忘れました。（忘了帶護照來。）

會話開口說 ☺

部長に 言うのを 忘れました。（忘了告訴部長了。）

A：「どうしましょう。部長に 田中さんのことを 言うのを
忘れました。」（怎麼辦？忘了告訴部長田中先生的事。）

B：「じゃ、早く 部長に 電話を かけたほうが いいですよ。」
（那麼，趕快打電話給部長比較好喔。）

A：「はい、今 部長に 電話します。」（是，現在就打給部長。）

單字帳

☞ 電話します（サ変／Ⅲ）	打電話	☞ 持って 来る	帶來
☞ どうしましょう	怎麼辦？	☞ 早く	早一點
☞ 電話を かけます（動一／Ⅱ）	打電話	☞ 言います（動五／Ⅰ）	說
☞ ビル	大樓	☞ 返事します（サ変／Ⅲ）	回覆
☞ 風邪薬	感冒藥	☞ カプセル	膠囊
☞ 塗り薬	藥膏	☞ 漢方薬	中藥

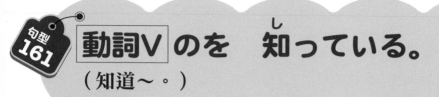

句型 161

動詞V のを 知っている。

（知道～。）

文型這樣用

意指知道或是了解某件事。中譯為：知道～。

例文

①. 鈴木さんが 去年 結婚したのを 知って いますか。
（你知道鈴木小姐去年結婚了嗎？）

②. 山田さんが 仕事を やめたのを 知りませんでした。
（我不知道山田先生辭掉工作的事。）

會話開口說

山田さんから 電話が あったのを 知っていますか。

（知道山田先生有打電話來嗎？）

A：「今朝 山田さんから 電話が あったのを 知って
いますか。」（你知道今天早上山田先生有打電話來嗎？）

B：「いいえ、知りません。」（不，不知道。）
「いつごろですか。」（大概什麼時候呢？）

A：「大体 朝 10時ごろです。」（大概是早上10點吧。）

B：「そうですか。じゃ、すぐ 山田さんに 連絡します。」
（這樣啊。那麼我馬上連絡山田先生。）

PART1 日常會話，不可缺200句型

單字帳

☞ 結婚した	結婚了	☞ 今朝	今天早上
☞ 知って います	知道	☞ 知りません	不知道
☞ いつごろ	大概什麼時候	☞ 大体	大約；大概

句型 162

動詞V のは 名詞 だ

（做了～的是～。）

文型這樣用

1. 這裡要說明的是「名詞」的部分。此處的「の」是有意義的，「の」的意思可以根據後項句子的內容做出判斷。

2. 中譯為：做了～的是～。

例文

①. ミーティングに 出席したのは 橋本さんです。（の＝人）
（出席了會議的人是橋本先生。）

②. 私が 生まれたのは 台北市です。（の＝所）（我出生的地方是台北市。）

會話開口說

予約したのは どこのレストランですか。

（預約的是哪裡的餐廳？）

A：「きのう 予約したのは どこのレストランですか。」
（昨天預約的是哪裡的餐廳呢？）

B：「新宿駅の近くのレストランです。」（是在新宿車站附近的餐廳。）

A：「じゃ、交通が 便利ですね。」（那麼，交通很方便啊！）

B：「そうですね。便利で、おいしいです。」（是啊，既方便東西又好吃。）

單字帳

☞ 生まれます（動一／Ⅱ）	出生	☞ 予約します（サ変／Ⅲ）	預約
☞ 新宿駅	新宿車站	☞ お寺	寺廟
☞ 塾	補習班	☞ 時計店	鐘錶行
☞ 東京スカイツリー	東京晴空塔	☞ レコード店	唱片行
☞ 写真館	照相館	☞ 眼鏡屋	眼鏡行

句型 163 ～て、（因為～。）

文型這樣用

❶.「て」用來連接兩個句子，前項句子表示原因，後項句子表示結果。要注意動詞都要變化成て形，才能連接。

❷. 此句型表示原因。說話者較客觀的陳述，後面多接無意識的動作（無意志動詞）或狀態，不接命令、意志或勸誘等語氣。

❸. 後面如果接表示意識的動作（意志動詞），則是表示不得已的語氣，或是非意識所進行的行為。

❹. 接續方法：動詞－て＋後項句子。

例文

①. 彼の話を　聞いて、びっくりしました。（聽了他的事，嚇了一跳。）

②. 母が　急に　体の調子が　悪く　なって、早く　家へ　帰りました。

（因為媽媽突然身體不舒服，所以就早一點回家了。）

會話開口說

鍵を　忘れて　しまって、一時間も　待っていたんです。

（因為忘記帶鑰匙，等了一個小時啊。）

A：「どうして　ゆうべ　そんなに夜遅く　家に　着いたんですか。」
（為什麼昨晚那麼晚才到家？）

B：「鍵を　忘れて　しまって、家の外で　一時間も
待っていたんです。」（因為忘記帶鑰匙，在家外面等了一個小時啊。）

單字帳

☞ びっくりします（サ変／Ⅲ）	嚇了一跳	☞ 鍵	鑰匙
☞ 一時間	一個小時	☞ 徹夜	徹夜
☞ 夜遅く	到很晚	☞ 家に　着きます（動五／Ⅰ）	到家

句型 164　〜ので、（因為〜。）

文型這樣用

①. 表示原因。是說話者較客觀的陳述，表示前項的原因一般必然產生後項的結果。

③. 接續方法：名詞、な形、い形、動詞 的普通形＋ので。
但是 名詞、な形 的「だ」不要，而是「名詞＋な＋ので」、「な形＋な＋ので」。
如：暇だ → 暇なので。（因為有空。）；便利なので。（因為方便。）

例文

①. きのう　熱が　あったので、食欲が　ありませんでした。
（昨天因為發燒，所以沒食欲。）

②. まだ知らない人が　多いので、もう一度だけ　教えます。
（因為不知道的人還很多，所以只再說一次。）

會話開口說 ☺

きれいなので、人の目を　引いて　います。

（因為很漂亮，所以總是吸引人家的目光。）

洪：「どうして　上田さんは　いつも　人の目を　引いて　います
ね。」（為什麼上田小姐總是吸引人的目光呢。）

山本：「上田さんは　きれいなので、人の目を　引いて　いますね。」
（因為上田小姐很漂亮，所以吸引人家的目光吧。）

單字帳

☞ 引きます（動五／Ⅰ）	吸引	☞ 食欲	食欲
☞ イケメン	帥哥	☞ 人の目	人的目光
☞ 美人	美人	☞ ハンサム（な）	帥氣的

句型 165 ～ため（に） （因為～而～。）

文型這樣用

❶.「ため（に）」前面接原因。

❷. 接續方法： 名詞、な形、い形、動詞 的普通形＋ため。

但 名詞 → 名詞 ＋の＋ため／ な形 → な形 ＋な＋ため。

如：故障だ → 故障のため。（因為故障而～。）

暇だ → 暇なため。（因為有空而～。）

※ ～ため(に)＝～のせいで

事故のため、この先２キロの渋滞です。

（因為事故，這地方塞車塞了兩公里。）

例文

①.台風のために、野球の試合は　延期しました。

（因為颱風而棒球比賽延期了。）

②.事故にあったために、学校に遅れました。

（因為碰上交通事故而上學遲到了。）

會話開口說 😃

外国へ　留学するために。（為了到國外留學。）

A：「最近　貯金して　います。」（最近在存錢。）

B：「へえ、貯金ですか。どうしてですか。」（哦，存錢嗎？為什麼？）

A：「外国へ　留学するために、今から　貯金しなければ　なりません。」（為了到國外留學，現在開始必須存錢。）

B：「えらいですね、頑張って。」（真厲害，加油！）

PART1 日常會話，不可缺200句型

單字帳

☞ 試合　　　比賽　　　　☞ 延期します（サ変／Ⅲ）　延期

199

句型166 疑問詞 ＋か＋ 動詞

文型這樣用 🐱

❶. 表示對某事不確定。

❷. 接續方法： 動詞疑問詞、い形、な形、名詞 的普通體＋か＋ 動詞 。
但是， 名詞、な形 則去だ，直接＋か＋動詞。
如：今日は ウォーキングがいい天気かわかりません。
（今天健行是不是好天氣我不知道。）

例文

①. 橋本さんは どこへ 行ったか わかりません。
（橋本先生去了哪裡我不知道。）

②. あしたのパーティーには、何人 来るか 分かりません。
（明天的派對，有幾個人會來我不知道。）

會話開口說 😊

何時に 着くか 電話で 聞いて みます。

（打電話問問看幾點到。）

A：「山下さんは 何時に 会社に 着きますか。」
（山下先生幾點會到公司？）

B：「さあ、何時に 着くか 電話で 聞いて みます。」
（啊，我打電話問問看幾點到。）

A：「じゃ、お願いします。」（那麼，就麻煩你了。）

 單字帳 🐱

☞ 何時	幾點	☞ 聞いて みます	問問看
☞ メールします	傳電子郵件	☞ メッセージを 入れます	傳簡訊
☞ コンセント	插座	☞ スイッチ	開關
☞ ビデオカメラ	攝影機	☞ リモコン	遙控器

句型 167　〜かどうか〜。（是否〜。）

文型這樣用

❶. 表示不確定的語氣。中譯為：是否〜。

❷. 接續：名詞、な形 ＋かどうか；動詞、い形 的普通形＋かどうか。

如：元気かどうか（是否健康）、忙しいかどうか（是否忙）、

行くかどうか（是否會去）、まじめな学生かどうか（是否是認真
的學生）。

例文

①. 来週の月曜日は　試験かどうか　まだ　わかりません。

（下星期一是否要考試還不知道。）

②. 危険なものが　ないかどうか、調べて　ください。

（請檢查是否有危險物品。）

※用 動詞－ない ＋かどうか通常用於不期待的事情時。

會話開口說

ピクニックに　行くかどうか、電話で　確認します。

（是否要去郊遊，用電話確認。）

A：「鈴木さんが　ピクニックに　行くかどうか、本人に
確認しましたか。」（鈴木小姐是否要去郊遊，和本人確認過嗎？）

B：「まだです。今　すぐ　電話で　確認します。」
（還沒，現在馬上用電話確認。）

A：「じゃ、お願いします。」（那麼，麻煩你了。）

單字帳

☞ 確認します	確認	☞ 新年会	春酒
☞ 忘年会	尾牙	☞ 宴会場	宴會廳

句型 168

～て　みる/みます。（試試看～。）

文型這樣用

❶. 表示對某種動作的嘗試，雖然是試試看，但是有採取實際行動。

❷. 接續方法：|動詞－て|＋みる/みます。

例文

①. 私が　教えたとおりに、もう一度　やって　みてください。

（照著我說的，請你再做一次看看吧。）

②. このケーキ、おいしいですよ。食べて　みませんか。

（這個蛋糕好吃哦！不吃吃看嗎？）

會話開口說 ☺

もう一度　彼に　言って　みます。（再跟他說一次看看。）

🙂 A：「きのう　田中さんに　頼んだんですが。」（昨天跟田中先生拜託了。）

🙂 B：「どうでしたか。」（如何呢？）

🙂 A：「断られました。」（被拒絕了。）

🙂 B：「そうですか。じゃ、わたしから　今日　もう一度　彼に
言って　みます。」（這樣啊。那我今天再跟他說一次看看。）

🙂 A：「じゃ、お願いします。」（那麼，麻煩你了。）

單字帳

☞ もう一度	再一次	☞ サラダ	沙拉
☞ 食べて　みます	吃吃看	☞ 頼みます（動五／Ⅰ）	請託
☞ どうでしたか	如何呢？	☞ 断ります（動五／Ⅰ）	拒絕
☞ 明太子	明太子	☞ スパゲティ	義大利麵
☞ たこ焼き	章魚燒	☞ 大学芋	黑芝麻蜜甘薯

句型 169

〜のですが、〜てくださいませんか。

（因〜，可否請您〜。）

文型這樣用

❶. 向對方說明狀況或理由之後，客氣地尋求幫助。

❷. 口語表達常用「〜んですが、〜てくださいませんか」的形式。

例文

①. 日本語の文法が わからないんですが、教えて くださいませんか。
（因為我不懂日文的文法，可否請您教我呢？）

②. よく 聞こえないんですが、もう少し 大きい声で 話して
くださいませんか。（因為聽不清楚，可否請您稍微說大聲一點？）

會話開口說

道が 分からないんですが、この紙に 地図を 書いて
くださいませんか。（因為不知道路，可否請您在這張紙上畫地圖呢？）

A：「すみません、道が 分からないんですが、この紙に 地図を
書いて くださいませんか。」
（不好意思，因為不知道路，可否請在這張紙上畫地圖給我？）

B：「はい、いいですよ。」（好的，沒問題。）

A：「どうも ご親切に。」（謝謝您的熱心。）

單字帳

|---|---|---|---|
☞ 文法	文法	☞ 紙	白紙
☞ 地図	地圖	☞ 親切（な）	熱心；親切
☞ 単語	單字	☞ テーマ	主題
☞ 翻訳	翻譯	☞ 論文	論文

PART1 日常會話，不可缺200句型

句型 170　～ため(に)、　(為了～。)

文型這樣用

❶. 表示目的。中譯為：為了～。

❷.「ため」前接意志性的目的，後接為達此目的所做的行為。

❸. 接續方法：名詞＋の＋ため(に)、動詞V＋ため(に)。

例文

①. 貯金のために、毎日　よく　働いて　います。

（為了存錢，每天努力工作。）

②. いい会社に　入るために、いろいろな　ライセンスを　取って

います。（為了進去好公司，正取得各種證照。）

會話開口說 ☺

大学試験に合格するために、よく勉強しなければなりません。

（為了通過大學考試，必須用功讀書。）

本田：「陳さんは　一生懸命　勉強して　いますね。」

（陳同學很拼命地在讀書啊。）

陳：「そうですね。来年の大学試験に　合格するために、よく

勉強しなければ　なりません。」

（是啊。為了明年通過大學考試，必須用功唸書。）

本田：「じゃ、頑張って　ください。陳さんなら、大丈夫ですよ。」

（那麼，請加油。如果是陳同學的話，沒問題的。）

單字帳

☞ ～に　合格します（サ変／Ⅲ）	考上～	☞ 一生懸命	拼命地；努力地
☞ 運転免許証	駕照	☞ 証明書	證件
☞ 学生証	學生證	☞ 卒業証明書	畢業證書

句型 171 | 動詞V + のに（為了~。）

文型這樣用

1. 表示使用用途、目的。中譯為：為了~。接續： 動詞V ＋のに。
2. に前面是表示對象，動詞V後面不能直接加助詞，必須名詞化，所以動詞V後面要加の，用來當作後面動作的對象。

例文

① . このナイフは　肉を　切るのに　使います。（這把刀是為了切肉用的。）

② . 地震が　来るのに　備えて　おこう。（為了地震事先準備吧。）

會話開口說 ☺

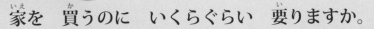

家を　買うのに　いくらぐらい　要りますか。

（要買房子大約需要多少錢？）

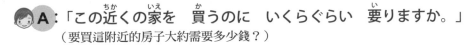

A：「この近くの家を　買うのに　いくらぐらい　要りますか。」
（要買這附近的房子大約需要多少錢？）

B：「5000万円ぐらい　要りますよ。」
（大約要五千萬日幣哦。）

A：「へえ、そんなに　かかるんですか。」
（欸，需要花那麼多啊。）

B：「駅に近いですから、高いです。」
（因為離車站很近，所以比較貴。）

單字帳

☞ 必要（な）	必要的	☞ 切ります（動五／I）	剪；切
☞ 要ります（動五／I）	需要	☞ 役に立ちます（動五／I）	有助益的
☞ リビング	客廳	☞ ダイニング	飯廳
☞ 客室	客房	☞ 応接間	接待室

PART1 日常會話，不可缺200句型

句型 172 名詞＋に、（對於～。）

文型這樣用

❶.「名詞＋に」表示用途及目的，「に」中譯為：對於～，或是在～的時候。

❷. 意思與前篇的 動詞Ⅴ ＋のに一樣。

例文

①.駅の前に　スーパーが　できて、買い物に　便利です。
（車站前開了間超市，買東西很方便。）

②.このかばんは　大きすぎて、買い物に　不便です。
（這個袋子太大了，買東西不方便。）

會話開口說

ことわざの勉強に　役に　立ちます。（對諺語的學習有幫助。）

A：「この日本語の辞書は　いいですか。」（這本日語的字典好嗎？）

B：「ええ、いいですよ。特に、ことわざの勉強に　役に
立ちますね。」（嗯，不錯啊。特別是對諺語的學習有幫助。）

A：「ちょっと　見せて　ください。」（請借我看一下。）

B：「いいですよ、面白いですよ。」（好啊，很有趣喔。）

單字帳

☞ コミュニケーション	溝通	☞ 白書	白皮書
☞ 辞書	字典	☞ 特に	特別是
☞ ことわざ	諺語	☞ 見せて　ください	讓（我）看
☞ スーパー	超市	☞ 更衣室	更衣室
☞ 図鑑	圖鑑	☞ 和室	和室

句型 173

〜そうです。（好像〜。）

文型這樣用

❶. 表示樣態，是說話者根據所看到的訊息而做出的推測。中譯為：好像〜。

❷. 接續方法：|い形| 去い＋そう／|な形| ＋そう／|動詞 V₂| ＋そう

　如：安そう。（看來便宜的樣子。）；暇そう。（看來有空的樣子。）；
　降りそう。（好像要下雨的樣子。）；真面目そう。（看來認真的樣子。）；行きそう。（好像會去的樣子。）

例文

①. 今にも　雨が　降りそうですね。（眼看就要下雨的樣子。）

②. 田中さんは　暇そうです。（田中先生好像很閒的樣子。）

※「〜そう」的用法與「な形容詞」的接續一樣。

　〜そうな＋|名詞|、〜そうに＋|動詞|

③. これは　面白そうな小説ですね。（這好像是本有趣的小說呢。）

④. 田中さんは　友達と　楽しそうに　話して　います。

　（田中先生似乎跟朋友聊得很愉快。）

會話開口說

忙しそうですね。（好像很忙的樣子。）

A：「今日　山下さんは　忙しそうですね。」
　（今天山下小姐看起來好像很忙的樣子。）

B：「そうですね。ぜんぜん　話す暇も　ありませんね。」
　（是啊，完全沒說話的空檔。）

單字帳

| ☞ 今にも | 眼看 | ☞ カタログ | 商品型錄 |
| ☞ もうすぐ | 馬上 | ☞ つまらない | 無聊的 |

句型 174

～て　くる/きます。（～來了。）

文型這樣用

❶. 接續方法：動詞－て ＋くる／きます。

❷. 表示某動作朝自己的方向而來。

例文

①.鳥が　こちらへ　飛んで　来ました。（小鳥朝這邊飛來了。）

會話開口說

走って　きたようです。（好像跑過來了。）

A：「誰か　教室のほうへ　走って　きたようですね。」
（好像有誰朝教室這邊跑過來了。）

B：「そうですね。あっ、山田さんですよ。」
（是啊。啊，是山田同學哦。）

❸. 表示變化的開始。

例文

②.だんだん　日本の生活に　慣れて　きました。
（漸漸地習慣日本的生活了。）

會話開口說

だんだん　暖かく　なって　きました。（漸漸變暖和了。）

A：「もう　四月ですね。」
（已經四月了。）

B：「だんだん　暖かく　なって　きましたね。」
（漸漸變暖和了呢。）

❹. 某行為、動作從過去一直持續到現在。

例文

③. 卒業後（そつぎょうご）、ずっと　この会社（かいしゃ）で　働（はたら）いてきました。

（畢業後，一直在這家公司上班。）

會話開口說

いろいろ　苦労（くろう）をして　きました。（吃了很多的苦。）

呂（ろ）：「両親（りょうしん）は　今（いま）まで　いろいろ　苦労（くろう）をして　きました。」

（雙親至今吃了很多的苦。）

山田（やまだ）：「ですから、親孝行（おやこうこう）を　するべきですね。」

（所以要孝順父母啊。）

單字帳

☞ 鳥（とり）	小鳥	☞ 今（いま）でも	即使現在
☞ 卒業後（そつぎょうご）	畢業後	☞ ずっと	一直
☞ 苦労（くろう）を　します（サ変／Ⅲ）	吃苦	☞ 今（いま）まで	至今
☞ 親孝行（おやこうこう）を　します（サ変／Ⅲ）	孝順	☞ 両親（りょうしん）	雙親

句型 175 ～過ぎる。（太～；過度～。）

文型這樣用

❶. 表示過度～，中譯為：太～。

❷. 接續方法： な形 ＋すぎる／ い形去い ＋すぎる／ 動詞V₂ ＋すぎる
※～すぎる為Ⅱ動詞（一段動詞）

如：静かすぎる。（太安靜。）；おいしすぎる。（太好吃。）；
飲みすぎる。（喝太多。）；考えすぎる。（想太多。）

❸. 此變化若將「ます」去除，就會成為名詞用法。

如：食べすぎです。（吃太多了。）

例文

①. この荷物は 重すぎて、一人で 持てません。
（這個行李太重了，一個人無法拿。）

②. 宿題は難しすぎて、答えられません。（作業太難了，無法作答。）

會話開口說 ☺

お酒を 飲みすぎました。（酒喝太多了。）

A：「どうして 今朝 寝坊しましたか。」（為什麼今天早上睡過頭了呢？）

B：「ゆうべ お酒を 飲みすぎましたから。」（因為昨晚酒喝太多了。）

A：「飲みすぎは体によくないですよ。」（喝太多對身體不好哦。）

B：「はい、わかりました。」（是的，我知道了。）

單字帳 😊

☞ 食べすぎ	吃太多（名）	☞ 話しすぎます（動一／Ⅱ）	說太多
☞ 持てません	無法拿	☞ 重すぎます（動一／Ⅱ）	過重
☞ 寝坊しました	睡過頭	☞ 飲みすぎます（動一／Ⅱ）	喝太多
☞ 食いしん坊	貪吃鬼；大胃王	☞ 買いすぎます（動一／Ⅱ）	買太多

動詞V2 やすい（容易～。）

文型這樣用

1. 表示行為的難易程度。中譯為：容易～；比較好～。

2. 接續方法：動詞V2 ＋やすい。

例文

①. ステーキを 食べるときに、ナイフと フォークを 使ったら、
食べやすいです。（吃牛排時，用刀跟叉子的話比較容易吃。）

②. この靴を 履いたら、山に 登りやすいです。
（穿這種鞋子的話比較好登山。）

會話開口說

雨の日は 滑りやすいです。（雨天容易滑倒。）

A：「もう 梅雨のシーズンですね。」（已經到了梅雨的季節了呢。）

B：「雨でも ツーリングに でかけます。」
（即使是下雨，也要騎車出去兜風。）

A：「雨の日は 滑りやすいですから、気を つけてください。」
（因為雨天容易滑倒，所以要小心哦。）

B：「はい、気を つけます。」（是的，我會小心。）

單字帳

☞ ステーキ	牛排	☞ フォーク	叉子
☞ 食べやすい	容易吃的	☞ 登りやすい	容易爬的
☞ 雨の日	雨天	☞ 滑りやすい	容易滑倒的
☞ 気を つけなさい	要小心	☞ 気を つけます	會小心
☞ ナイフ	刀子	☞ パスタ	義大利麵
☞ 晴れの日	晴天	☞ 曇りの日	陰天

句型 177 動詞V₂ にくい (不容易～。)

文型這樣用

❶. 表示行為的難易程度。中譯為：不容易～；難以～。

❷. 接續方法：動詞V₂ ＋にくい。

例文

①. このガラスは 品質が いいですから、割れにくいです。

（這種玻璃因為品質好，所以不容易破。）

②. この本の字は 小さいですね。読みにくいです。

（這本書的字很小，所以不容易閱讀。）

會話開口說 ☺

ちょっと 言いにくいですね。 （真的有點難開口。）

A：「近いうちに、引っ越すつもりですが、ぜんぜん 暇が ありません。」（最近雖然打算搬家，但是完全沒有空。）

B：「じゃ、会社を 休んだら。」（那，跟公司請假吧？）

A：「会社は 忙しいですから、休みを 取るのも ちょっと 言いにくいですね。」（因為公司很忙，要提出請假的事，真的有點難開口。）

B：「まあ、確かに そうですよね。」（嗯，的確如此。）

單字帳 🐶

☞ ガラス	玻璃	☞ 読みにくい	難以閱讀
☞ 割れにくい	不容易破	☞ 言いにくい	難以開口
☞ 確か	的確	☞ 飲みにくい	不容易喝；不容易入口
☞ 急須	單柄茶壺	☞ 弁当箱	便當盒
☞ ワイングラス	紅酒杯	☞ ストロー	吸管

句型 178

い形容詞 ＋く＋ 動詞
（＊意識上刻意做的改變）

文型這樣用 🐱

❶. 表示意識上刻意要做的改變（い形容詞的場合）。

❷. 接續方法：い形去い ＋く＋ 動詞 。

例文 📖

①. 大根を 大きく 切って ください。（請把蘿蔔切大塊一點。）

②. 漢字を 正しく 書いて ください。（請正確書寫漢字。）

會話開口說 😊

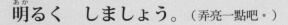
明るく しましょう。（弄亮一點吧。）

A：「部屋が ちょっと 暗いですね。」
（房間有點暗啊。）

B：「じゃ、電気をつけて、明るく しましょう。」
（那開個燈，把房間弄亮吧。）

A：「はい、そうしましょう。」
（好啊，就那麼做吧。）

PART1 日常會話，不可缺200句型

單字帳 🐱

☞ 大根	蘿蔔	☞ とうもろこし	玉米
☞ 正しい	正確的	☞ もやし	豆芽菜
☞ 電気をつけます（動一／Ⅱ）	開燈	☞ 栗	栗子
☞ 白菜	白菜	☞ ほうれん草	菠菜
☞ キャベツ	高麗菜	☞ 電気を消します（動五／Ⅰ）	關燈
☞ たまねぎ	洋蔥	☞ にら	韭菜
☞ にんにく	大蒜	☞ かぼちゃ	南瓜

な形容詞 ＋に＋ 動詞

（＊意識上刻意做的改變）

CD ▶ 179

文型這樣用

❶. 表示意識上刻意要做的改變（な形容詞的場合）。

❷. 接續方法： な形 ＋に＋ 動詞 。

例文

①. 部屋を　きれいに　片付けなければ　なりません。
（必須把房間整理乾淨。）

②. 皆さんが　いつも　親切に　して　くれます。（大家總是對我很親切。）

會話開口說 😊

静かに　しなさい。 （請保持安靜。）

B：「先生、ちょっと……」
（老師，那個……）

A：「今　試験ですから、静かに　しなさい。」
（因為現在在考試，請保持安靜。）

B：「はい、わかりました。」（是的，知道了。）

單字帳 🐱

☞ 片付けます（動一／Ⅱ）	整理	☞ 皆さん	大家
☞ 親切に　して　くれます	對我很親切	☞ 静かに　しなさい	請保持安靜
☞ 上手に　作ります	熟練地製作	☞ 穏やかに　話し合います	冷靜地商量
☞ 現実的（な）	現實的	☞ 運命的（な）	命運的
☞ 圧倒的（な）	壓倒性的	☞ 意識的（な）	意識的
☞ 一方的（な）	一方的	☞ 喜劇的（な）	喜劇的
☞ 官僚的（な）	官僚式的	☞ 私的（な）	私人的

PART1 日常會話，不可缺200句型

214

句型 180

～場合は、～。（當～時，就～。）

文型這樣用

❶. 舉出某種狀況的例子，後面接的是因應對策。中譯為：當～時，就～。

❷. 名詞の、な形－な、い形－い、動詞V、動詞－た ＋場合は～。

例文

①. 会社に 遅れる場合は、電話で 連絡して ください。
（當上班會遲到的時候，請用電話聯絡。）

②. 機械が 故障の場合は、山田さんに 言って ください。
（當機械故障的時候，請跟山田先生說。）

會話開口說 😊

火事の場合は、どうしたら いいですか。

（火災的時候要怎麼辦好呢？）

A：「火事の場合は、どうしたら いいですか。」
（火災的時候要怎麼辦好呢？）

B：「非常口から 逃げて ください。」
（請從緊急出口逃生。）

C：「すぐ １１９番に 電話しなければ なりません。」
（必須馬上撥打119。）

A：「はい、どちらも 正解です。」（是的，兩邊答案都是對的。）

單字帳

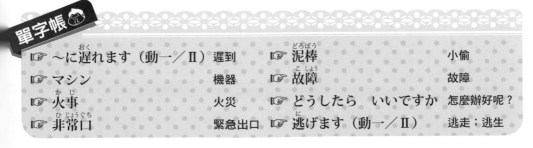

☞ ～に遅れます（動一／Ⅱ）	遲到	☞ 泥棒	小偷
☞ マシン	機器	☞ 故障	故障
☞ 火事	火災	☞ どうしたら いいですか	怎麼辦好呢？
☞ 非常口	緊急出口	☞ 逃げます（動一／Ⅱ）	逃走；逃生

句型 181 〜のに（竟然〜；但卻〜。）

文型這樣用

❶「のに」後接逆接語氣。中譯為：竟然〜；但卻〜。

❷ 用於後項的事實與說話者的期待或預想相反時。

❸ 接續方法：動詞、い形、な形、名詞 的普通形＋のに。

但是 な形、名詞 時直接＋「なのに」。

如：学生なのに（明明是學生，但卻〜。）

きれいなのに（明明很漂亮，但卻〜。）

例文

①. あの人は 体が 丈夫なのに、働きません。
（那個人身體強壯，但卻不工作。）

②. あの喫茶店は コーヒーが 高いのに、いつも お客さんが

いっぱいです。（那家咖啡廳的咖啡明明很貴，但客人卻總是滿滿的。）

會話開口說 😊

もう 10月なのに、まだ 暑いです。（明明已經十月了，卻還是很熱。）

A：「もう 10月なのに、まだ 暑いです。」
（明明已經十月了，卻還是很熱。）

B：「まあ、地球温暖化のせいでしょう。」
（嗯，大概是地球暖化的關係吧。）

單字帳

☞ 丈夫（な）	強壯的；堅固的	☞ 〜のせい	〜的原因（不好的）
☞ 地球温暖化	地球暖化	☞ 少子化	少子化
☞ 高齢化	高齢化	☞ 酸素	氧氣
☞ 光合成	光合作用	☞ 二酸化炭素	二氧化碳
☞ 惑星	行星	☞ 流れ星	流星

句型 182 ～ところだ（做～的時候。）

文型這樣用

❶.「～ところだ」用於表示某行為動作「進行前」、「進行中」、「進行後」等的時間階段。

❷. 動詞 V ＋ところだ（正要做～）

表示某動作要開始前的時間階段。常與「これから」（從現在起）、「（ちょうど）今から」（正好現在開始）等一起使用。

例文

①. これから　宿題をするところです。（現在正要寫作業。）

會話開口說 ☺

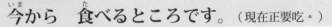
今から　食べるところです。（現在正要吃。）

A：「田中さん、昼ごはんは　もう　食べましたか。」
（田中先生，午餐吃了嗎？）

B：「いいえ、まだです。今から　食べるところです。」
（不，還沒。現在正要吃。）

❸. 動詞－て いる＋ところだ（正在做～）

表示某行為動作正在進行的時間階段。與「今」（現在）一起使用。

例文

②. 今　宿題をして　いるところです。（現在正在寫作業。）

今　準備を　しているところです。（現在正在準備。）

A：「橋本さん、会議の資料は　できましたか。」
（橋本小姐，會議資料完成了嗎？）

B：「いいえ、今　準備を　しているところです。」
（不，現在正在準備。）

❹. 動詞－た ＋ところだ（正好做完～）
　　表示某動作正好完成的時間階段。與「たった今」（剛才）一起使用。

例文

③. 書類のまとめは　たった今　できたところです。
（文件整理剛剛才完成的。）

會話開口說 :)

たった今　帰ったところです。（剛回去。）

A：「山本さん、川口さんは　どこですか。」
（山本小姐，川口先生在哪裡？）

B：「あ、川口さんは　たった今　帰ったところです。」
（啊，川口先生剛回去。）

單字帳

☞ 書類	文件	☞ 宿題をします（サ変／Ⅲ）	寫作業
☞ 履歴書	履歴表	☞ 見積書	估價單
☞ 注文書	訂單	☞ 領収書	收據
☞ 説明書	說明書	☞ 請求書	帳單
☞ 契約書	合約	☞ 礼状	感謝信
☞ 入場券	門票	☞ 小切手	支票
☞ トラベラーズチェック	旅行支票	☞ クレジットカード	信用卡

句型183 　名詞 ＋ばかり（光只是～。）

文型這樣用

❶. 表示說話者批判的情緒、不滿、驚訝等等。

❷. 中譯為：光只是～。

例文

①. あの人は　文句ばかり　言います。（那個人光說抱怨的話。）

②. 兄は　きのう　本屋で　漫画の本ばかり　買いました。
（哥哥昨天在書店光只是買漫畫。）

會話開口說

野菜ばかり　食べていては　いけません。（不可以只吃蔬菜。）

A：「野菜ばかり　食べていては　いけませんよ。」
（不可以只吃蔬菜哦。）

「魚や　肉なども　食べなさい。」
（魚和肉也要吃。）

B：「はい、分かりました。好きではないけど。」
（好，知道了。雖然不喜歡。）

單字帳

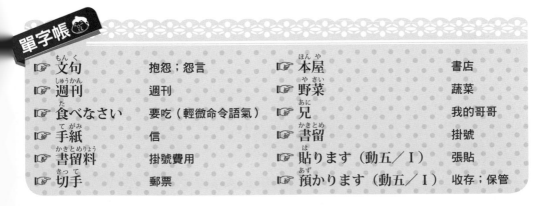

☞ 文句	抱怨；怨言	☞ 本屋	書店
☞ 週刊	週刊	☞ 野菜	蔬菜
☞ 食べなさい	要吃（輕微命令語氣）	☞ 兄	我的哥哥
☞ 手紙	信	☞ 書留	掛號
☞ 書留料	掛號費用	☞ 貼ります（動五／Ⅰ）	張貼
☞ 切手	郵票	☞ 預かります（動五／Ⅰ）	收存；保管

句型 184

動詞－て ＋ばかり（光只做～。）

文型這樣用

❶. 被限制在某個狀況、動作及行動之中，或是指數量跟次數很多。

❷. 中譯為：光只做～。

例文

①. うちの主人は 働いてばかり、子供と 遊ぶ暇が ありません。
（我們家先生光只工作，都沒陪孩子玩的時間。）

②. 毎日 パソコンを 見てばかり いると、目が 悪く なりますよ。
（每天光盯著電腦看的話，視力會變差哦。）

會話開口說

ネットゲームを してばかり います。（光只玩網路遊戲。）

A：「暇なとき、何を して いますか。」
（有空時都做些什麼？）

B：「そうですね。ネットゲームを してばかり います。」
（嗯，都只玩網路遊戲。）

A：「それは いけませんね。目に よくないんですよ。」
（那可不行哦。對眼睛不好哦。）

單字帳

☞ うちの	我家的	☞ 主人	我的先生
☞ 子供	小孩子	☞ 遊びます（動五／Ⅰ）	玩耍
☞ 旦那	丈夫	☞ オンラインゲーム	線上遊戲
☞ 夫婦	夫婦	☞ 妻	太太
☞ 少女	少女	☞ 少年	少年
☞ 息子	兒子	☞ 娘	女兒
☞ 孫	孫子	☞ 赤ちゃん	寶寶

句型 185

動詞－た ＋ ばかり（才剛～。）

文型這樣用

❶ 用於剛完成某一個動作的狀態，說話者心裡覺得某事才結束不久或是時間不長時。中譯為：才剛～。

❷ 接續方法：動詞－た ＋ ばかり。

例文

①. わたしは 去年（きょねん） 大学（だいがく）を 出（で）たばかりです。（我去年才剛從大學畢業。）

②. さっき 着（つ）いたばかりです。（剛剛才到的。）

會話開口說

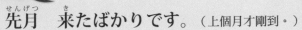

先月（せんげつ） 来（き）たばかりです。（上個月才剛到。）

A：「川本（かわもと）さん、いつ 台湾（たいわん）に 来（き）ましたか。」
（川本先生，什麼時候來台灣的？）

B：「先月（せんげつ） 来（き）たばかりです。」
（上個月才剛到。）

A：「そうですか。もう 慣（な）れましたか。」
（是這樣啊。已經習慣了嗎？）

B：「ええ。食（た）べ物（もの）も 人（じん）も 好（す）きです。」（嗯。食物和人們都很喜歡。）

單字帳

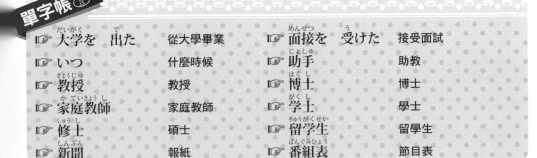

☞ 大学（だいがく）を 出（で）た	從大學畢業	☞ 面接（めんせつ）を 受（う）けた	接受面試
☞ いつ	什麼時候	☞ 助手（じょしゅ）	助教
☞ 教授（きょうじゅ）	教授	☞ 博士（はくし）	博士
☞ 家庭教師（かていきょうし）	家庭教師	☞ 学士（がくし）	學士
☞ 修士（しゅうし）	碩士	☞ 留学生（りゅうがくせい）	留學生
☞ 新聞（しんぶん）	報紙	☞ 番組表（ばんぐみひょう）	節目表

PART1 日常會話，不可缺200句型

〜によると、〜そうだ。

（根據〜，好像〜。）

文型這樣用

❶. 用於說話者將從他處得知的消息傳達給聽話者時。中譯為：根據〜好像〜。

❷. 接續方法： 消息來源 によると、〜 動詞普通形 そうだ。

例文

①. 高橋さんの話によると、彼は 来年 大阪に 転勤するそうです。
（據高橋先生的說法，他明年好像要調職到大阪。）

②. ニュースによると、ゆうべ 台湾の東部で 地震が あったそうです。
（根據新聞報導，昨晚台灣東部好像有地震。）

會話開口說 😃

天気予報によると、あしたは 晴れるそうです。

（根據氣象報告，明天好像是晴天。）

A：「あしたの 天気は どうなるでしょうか。」（明天的天氣如何呢？）

B：「天気予報によると、あしたは 晴れるそうです。」
（根據氣象報告，明天好像是晴天。）

A：「じゃ、一緒に 花見に 行きませんか。」（那麼，一起去賞花吧？）

B：「いいですね。」（好呀。）

單字帳

☞ 話	說法	☞ 記者	記者
☞ 東部	東部	☞ 地震が あった	有地震
☞ どうなる	會如何	☞ 天気予報	氣象報告
☞ 晴れます（動一／Ⅱ）	放晴	☞ 曇ります（動五／Ⅰ）	變陰天

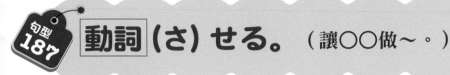

句型 187　動詞（さ）せる。（讓○○做～。）

文型這樣用

表示使役的語氣。中譯為：讓○○做～。

使役動詞的變化

五段動詞／Ⅰ		一段動詞／Ⅱ		不規則動詞／Ⅲ	
辭書形 （う段）	使役形 （あ段）＋ せる	辭書形 （る）	使役形去 「る」＋ （させる）	辭書形	使役形
行_いく	行_いかせる	起_おきる	起_おきさせる	来_くる	来_こさせる
				する	させる

※ 使役動詞都是（動一／Ⅱ）。

※ 使役的基本句型依自動詞與他動詞而不同。

【自動詞】

例文

①. 妹_{いもうと}は　図書館_{としょかん}へ　行_いきます。（妹妹去圖書館。）

→ 母_{はは}は　妹_{いもうと}を図書館_{としょかん}へ　行_いかせます。（媽媽讓妹妹去圖書館。）

【移動性自動詞】

如：飛_とぶ（飛）、渡_{わた}る（越過）、曲_まがる（轉彎）、通_{とお}る（經過）、散歩_{さんぽ}する（散步）、走_{はし}る（跑）、歩_{ある}く（走路）等。

例文

②. 学生_{がくせい}は　運動場_{うんどうじょう}を　走_{はし}りました。（學生在操場跑步了。）

→ 先生_{せんせい}は　学生_{がくせい}に　運動場_{うんどうじょう}を　走_{はし}らせました。

（老師讓學生在操場跑步了。）

【他動詞】

③.子供は　ジュースを　飲みます。（小孩子喝果汁。）

→お母さんは　子供に　ジュースを　飲ませます。
（媽媽讓小孩喝果汁。）

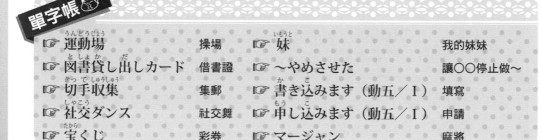

【會話開口説】 😊

子供に　ゲームを　やめさせた方が　いいですよ。
（不要再讓孩子玩網路遊戲比較好。）

A：「うちの子供は　もうすぐテストなのに、毎日
オンラインゲームばかりしていますよ。」
（我們家的孩子都快考試了，還每天玩網路遊戲。）

B：「それは　早く　子供に　ゲームを　やめさせた方が
いいですよ。」
（應該要盡早讓孩子不要再玩網路遊戲比較好。）

【單字帳】

☞ 運動場	操場	☞ 妹	我的妹妹
☞ 図書貸し出しカード	借書證	☞ ～やめさせた	讓○○停止做～
☞ 切手収集	集郵	☞ 書き込みます（動五／Ⅰ）	填寫
☞ 社交ダンス	社交舞	☞ 申し込みます（動五／Ⅰ）	申請
☞ 宝くじ	彩券	☞ マージャン	麻將

使役動詞 て　いただけませんか。

（可否讓我～。）

文型這樣用

❶. 非常客氣的請求，希望對方能答應自己的請求時使用。中譯為：可否讓我～。

❷. 接續方法：使役動詞 て　いただけませんか。

例文

①. 部長、あした　ちょっと　用事が　あるので、休みを　取らせて

いただけませんか。（部長，因為明天有點事，可否讓我請假？）

②. 仕事の内容が　よく　わからないんですが、ちょっと　教えて

いただけませんか。（工作內容我不是很清楚，可否告訴我一下？）

會話開口説 ☺

この仕事は　私に　やらせて　いただけませんか。

（這份工作可否讓我做？）

A：「課長、この仕事は　私に　やらせて　いただけませんか。」
（課長，這份工作可否讓我做？）

B：「はい。じゃ、任せますよ。頑張って　ください。」
（好。那就交給你了，請加油。）

A：「はい、頑張ります。」（是，我會盡力的。）

 單字帳

☞ 営業部	營業部門	☞ 任せます（動一／Ⅱ）	交辦；負責
☞ 開発部	開發部門	☞ 参加させます（動一／Ⅱ）	讓我參加
☞ 販売部	銷售部門	☞ 広報部	宣傳部門
☞ 経理部	財務部門	☞ 購買部	學校或公司的福利社

句型 189

動詞 （さ）せられる。

（被迫～；被○○強迫做～。）

文型這樣用

❶. 此篇為「使役受身形」的句型應用，從名字就知道它的動詞變化是「使役形」加上「受身形」。

❷. 在日文中的使用頻率有限，多半用在「被迫做不想做」的事情上。中譯為：被迫～。

使役被動動詞的變化

五段動詞／Ⅰ		一段動詞／Ⅱ		不規則動詞／Ⅲ	
使役形（う段）	使役被動＋られる	使役形（る）	使役被動＋られる	使役形	使役被動
行かせる	行かせられる	起きさせる	起きさせられる	来させる	来させられる
				させる	させられる

※ 使役被動動詞都是（動一／Ⅱ）。

❸. 五段動詞（Ⅰ）也可以將「～せら～」改成「さ」。

如：飲ませられる → 飲まされる（被迫喝）。

但是五段動詞（Ⅰ）辭書形以「～す」結尾的動詞則無法改。

如：貸す → 貸させられる（○）→ 貸さされる（×）。

❹. 此文型結構與使役句相同。

例文

①. 子どもは 母に 野菜を 食べさせられました。

（小孩子被媽媽強迫要吃蔬菜。）

②. 弟は 父に スーツを 着させられる。（弟弟被父親強迫穿西裝。）

③. 妹は 母に 予備校に 行かされた。（妹妹被母親強迫去了補習班。）

會話開口說 ☺

部長に　無理に　酒を　飲まされました。（被部長強迫喝酒。）

A：「忘年会で　たくさん　お酒を　飲んだんですか。」
（在尾牙喝了很多酒嗎？）

B：「仕方がないんですよ。部長に　無理に　酒を
飲まされました。」
（沒辦法啊，被部長強迫喝酒。）

A：「それは　大変ですね。」
（那真是傷腦筋啊。）

單字帳 🐶

☞ 誕生日パーティ	生日派對	☞ 仕方がない	沒辦法
☞ 無理に	勉強地	☞ それは　大変ですね	那真是傷腦筋啊
☞ ウィスキー	威士忌	☞ ブランデー	白蘭地
☞ カクテル	雞尾酒	☞ さけ	清酒
☞ 焼酎	蒸餾酒	☞ 専務	專務董事
☞ 常務	常務董事	☞ 取締役	董事

PART1　日常會話，不可缺200句型

227

尊敬語

文型這樣用

說話者經由抬高對方地位，以向對方表示尊敬之意。

尊敬語的表現分為下列三種：

❶. お 動詞 V₂ になる

帰ります → お帰りになる 動五／Ⅰ（回去；回家。）

這邊要特別注意的是，無此種變化的動詞有：

来る、する、動詞「ます」前是一音節的動詞。

如：寝ます → お寝になる（×）。

例文

①. 佐藤先生は　もう　お出かけになりました。（佐藤老師已經出門了。）

會話開口說

部長は　もう　この資料を　お読みに　なりましたか。

（部長已經看過這份資料了嗎？）

A：「部長は　もう　この資料を　お読みに　なりましたか。」

（部長已經看過這份資料了嗎？）

B：「はい、もう　読みました。」

（是的，已經看過了。）

❷. 動詞（ら）れる

※ 此變化是利用被動式動詞，來做為尊敬語動詞。

※ 無此變化的動詞有：

狀態動詞，如「ある」（有）、「いる」（需要）等；可能形動詞；還有「わかる」（知道）等的動詞。

例文

②．先生は　この本を　買われましたか。（老師買了這本書嗎？）

會話開口說 :)

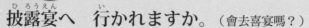

披露宴へ　行かれますか。（會去喜宴嗎？）

A：「上田部長は　今晩の　披露宴へ　行かれますか。」

（上田部長，今晚會去喜宴嗎？）

B：「はい、行きますよ。」

（會的，會去啊。）

❸. **特殊尊敬語動詞**

一般動詞	特殊尊敬語動詞
食べる〔動一／Ⅱ〕	召し上がる〔動五／Ⅰ〕
飲む〔動五／Ⅰ〕	
見る〔動一／Ⅱ〕	ご覧になる〔動五／Ⅰ〕
する〔サ変／Ⅲ〕	なさる〔動五／Ⅰ〕※ なさいます
言う〔動五／Ⅰ〕	おっしゃる〔動五／Ⅰ〕※ おっしゃいます
寝る〔動一／Ⅱ〕	お休みになる〔動五／Ⅰ〕
くれる〔動一／Ⅱ〕	くださる〔動五／Ⅰ〕※ くださいます
知って　いる〔動一／Ⅱ〕	ご存知です
知らない〔動五／Ⅰ〕	ご存知では　ありません
行く〔動五／Ⅰ〕	いらっしゃる〔動五／Ⅰ〕；おいでになる〔動五／Ⅰ〕※ いらっしゃいます
来る〔カ変／Ⅲ〕	
いる〔動一／Ⅱ〕	
～て　いる〔動一／Ⅱ〕	～て　いらっしゃる〔動五／Ⅰ〕；～て　おいでになる〔動五／Ⅰ〕

例文

③.山田部長、コーヒーを 召し上がって ください。
（山田部長，請喝咖啡。）

會話開口說 ☺

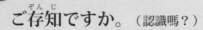
ご存知ですか。（認識嗎？）

A:「本田さんは 山下哲也さんを ご存知ですか。」
（本田先生認識山下哲也先生嗎？）

B:「いいえ、知りません。」
（不，不認識。）

單字帳 🐷

☞ 先輩 せんぱい	前輩；學長姐	☞ 後輩 こうはい	晚輩；學弟妹
☞ 上司 じょうし	上司	☞ 隊長 たいちょう	隊長
☞ 主将 しゅしょう	隊長	☞ 支配人 しはいにん	經理
☞ 国王 こくおう	國王	☞ 女王 じょおう	女王
☞ 大統領 だいとうりょう	總統	☞ 首相 しゅしょう	總理

句型 191　お 動詞V₂ ください。（請～。）

文型這樣用

表示請求，是「～て　ください」的尊敬表現。中譯為：請～。

例文

①. お席に　お戻りください。（請回座位上。）
②. 前田さん、どうぞ　お入りください。（前田先生，請進。）

會話開口說

お名前と　ご住所などを　お書きください。

（請寫上您的姓名與地址等等。）

ホテルの受付で。（在飯店櫃台。）

受付の人：「吉本様、この用紙に　お名前と　ご住所などを
　　　　　　お書きください。」

（吉本小姐，請在這張紙上寫上您的姓名與地址等等。）

吉本：「はい、わかりました。」（是的，了解了。）

　　　「これで　いいですか。」（這樣子可以嗎？）

受付の人：「はい。結構ですよ。少々　お待ちください。」

（是的，可以的。請稍微等一下。）

單字帳

☞ お席	您的座位	☞ お戻りください	請回
☞ 用紙	用紙	☞ ご住所	您的住址
☞ お待ちください	請等一下	☞ 結構です	好的；可以的
☞ 少々	稍微	☞ ～様	～先生；小姐（※尊敬）
☞ ロビー	大廳	☞ フロント	櫃台
☞ 試着室	試衣間	☞ 玄関	玄關

句型 192　お＋ 名詞

文型這樣用

❶. 尊敬語名詞。在聽話者或話題主角的所有物加上尊敬的接頭語「お」或者「ご」，以表示尊敬之意。

❷. 原則上漢語前接「ご」，和語前接「お」，但有時也有例外。

「お～」：お元気、お約束、お掃除、お部屋、お弁当、お菓子、
　　　　　お荷物、お名前、お手紙、お電話、お名刺、お客様……

「ご～」：ご氏名、ご住所、ご説明、ご案内、ご結婚……

例文

①. お部屋まで　ご案内いたします。（招呼您到您的房間。）

②. お客様の個人情報を　保護します。（保護客人的個人資料。）

會話開口說 ☺

ご結婚　おめでとう　ございます。（恭喜結婚。）

A：「ご結婚　おめでとう　ございます。」（恭喜結婚啊。）

B：「ありがとう　ございます。」（謝謝。）
　　「橋本さんは今日　誕生日ですよね。お誕生日
　　おめでとうございます。」

（橋本小姐是今天生日吧，生日快樂。）

A：「ありがとうございます。」（謝謝。）

單字帳

☞ お手紙	您的信	☞ お荷物	您的行李
☞ ご注文	您的訂單	☞ ご家族	您的家族
☞ ご意見	您的意見	☞ ご両親	您的雙親

謙讓語

文型這樣用

描述己方的人壓低本身的行為動作，以襯托出對方的高貴，表示己方的謙卑之意。

謙讓語的表現分為下列兩種：

❶. お 動詞V₂ する／ご 動詞V₂ する

　　這邊特別注意，無此種變化的動詞如下：

　　(1). 特別謙讓語的動詞「いる」、「見る」、「する」、「来る」等。

　　(2). サ變（第Ⅲ類）動詞與「ます」前為一音節的動詞。

　　　　如：お勉強します、お寝します【×】。

　　(3). 但サ變（第Ⅲ類）動詞有「お 動詞ます形 する」的用法。

　　　　如：お電話します（打電話）、お掃除します（打掃）。

例文

①. お荷物が　重そうですね。お手伝いしましょうか。

　　（您的行李很重的樣子，我來幫忙吧。）

②. こちらから　ご連絡いたします。（由我們跟您聯絡。）

③. レストランまで　ご案内いたします。（我招呼您到餐廳。）

④. 新しいタオルは、こちらで　ご用意いたします。

　　（新的毛巾由我們為您準備。）

會話開口說

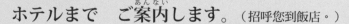

　　　　ホテルまで　ご案内します。（招呼您到飯店。）

ガイド：「今から　台北のホテルまで　ご案内します。」

　　　　（現在將招呼您到台北的飯店。）

お客：「はい、お願いします。」（是的，麻煩了。）

❷. 特殊謙讓語動詞

一般動詞	特殊謙讓語動詞
会う〔動五／Ⅰ〕	お目にかかる〔動五／Ⅰ〕
見る〔動一／Ⅱ〕	拝見する〔サ変／Ⅲ〕
する〔サ変／Ⅲ〕	いたす〔動五／Ⅰ〕
言う〔動五／Ⅰ〕	申す〔動五／Ⅰ〕；申し上げる〔動一／Ⅱ〕
訪問する〔サ変／Ⅲ〕 聞く〔動五／Ⅰ〕	伺う〔動五／Ⅰ〕
あげる〔動一／Ⅱ〕	さしあげる〔動一／Ⅱ〕
もらう〔動五／Ⅰ〕	いただく〔動五／Ⅰ〕
知って　いる〔動一／Ⅱ〕	存じておる〔動五／Ⅰ〕
知らない〔動五／Ⅰ〕	存じない
行く〔動五／Ⅰ〕 来る〔カ変／Ⅲ〕	まいる〔動五／Ⅰ〕
いる〔動一／Ⅱ〕	おる〔動五／Ⅰ〕
～て　いる〔動一／Ⅱ〕	～て　おる〔動五／Ⅰ〕

例文

① 山田と　申します。どうぞ　よろしく　お願いします。
（我姓山田。請多多指教。）

② ただいま参りますので、少々　お待ち下さい。
（我現在馬上就過去，請稍等。）

③ お部屋には　アイロンが　備えております。（房間裡備有熨斗。）

④ 恐れ入りますが、運転免許証を　拝見いたします。
（對不起，請讓我看一下您的駕照。）

會話開口說 😊

ちょっと お伺いしたいんですが。（我想請教一下。）

A：「すみません、ちょっと お伺いしたいんですが。」
（抱歉，我想請教一下。）

B：「はい、何でしょうか。」
（是的，有什麼事？）

A：「お客様のご意見を お伺いしても よろしいですか。」
（我可以請教您的意見嗎？）

B：「いいですよ。」
（可以的。）

單字帳 🐦

☞ 電気毛布	電熱毯	☞ 電気ストーブ	電暖爐
☞ 加湿器	加濕器	☞ ドライヤー	吹風機
☞ こたつ	被爐桌	☞ 電気スタンド	檯燈
☞ 掃除機	吸塵器	☞ 乾燥機	烘衣機

句型 194　お 動詞V₂ いたす。（＊謙讓語動詞）

文型這樣用

較（お 動詞V₂ する）更為謙遜的用法。

例文

①. お荷物を　お持ちいたします。（幫您提行李。）

②. お席へ　ご案内いたします。（招呼您到座位上。）

③. 元旦のごあいさつを　拝聴いたしました。（聆聽了元旦的賀詞。）

④. 10万円を　頂戴いたします。（要收您十萬元。）

會話開口說

お願いいたします。（麻煩您了。）

A：「食事会のことは　私が　皆さんに　ご連絡いたします。」
（聚餐一事我會跟大家連絡。）

B：「はい、お願いいたします。」（好的，麻煩您了。）

A：「食事会のお酒は、私が　ご用意いたします。」
（聚餐的酒，我會準備。）

B：「はい、お願いいたします。」（好的，麻煩您了。）

單字帳

☞ 食事会	聚餐	☞ ご連絡いたします	連絡
☞ お願いいたします	麻煩您	☞ ご説明いたします	說明
☞ お待ちいたします	等待	☞ お返事いたします	回覆
☞ シャンパン	香檳	☞ ワイン	葡萄酒
☞ 紅茶	紅茶	☞ 水割り	摻水的威士忌
☞ ミネラルウォーター	礦泉水	☞ お水	水

句型 195

名詞 ／ な形容詞 でございます。

（是～。）

文型這樣用

❶. 說話者對聽話者或話題主角較鄭重的詞彙表現。中譯為：是～。

❷.「でございます」是「です」的鄭重用法。

例文

①. この車は　ドイツ製でございます。（這輛車是德國製的。）

②. 私は　高橋でございます。（我是高橋。）

③. お食事でございますよ。（要用餐了喔。）

會話開口說

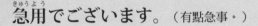

急用でございます。（有點急事。）

陳：「急用で ございますが、佐藤部長は　いらっしゃいますか。」

（有點急事，請問佐藤部長在嗎？）

会社の人：「はい。どちら様でしょうか。」

（好的，請問您是哪一位？）

陳：「台北貿易の陳でございます。」

（是台北貿易的陳先生。）

会社の人：「はい。少々　お待ちください。」（好的，請稍等一下。）

單字帳

☞ ドイツ製	德國製	☞ 貿易	貿易
☞ どちら様	哪一位	☞ 旅行会社	旅行社
☞ 商社	商社	☞ 重工業	重工業
☞ 軽工業	輕工業	☞ 中小企業	中小企業
☞ 株式会社	股份公司	☞ 株主	股東

句型 196

ございます。（有～。）

文型這樣用

是「あります」的鄭重說法，用法也等同「あります」。中譯為：有～。

例文

① 普通口座と総合講座がございます。（有普通帳戶跟綜合帳戶。）
② 免税売店は 2階に ございます。（免稅商店在二樓。）

會話開口說 😊

はい、いろいろ ございます。（是的，有很多種類。）

A：「すみません、ワイン売り場は 何階に ありますか。」
（請問葡萄酒賣場在幾樓？）

B：「はい。ワイン売り場なら、地下1階に ございます。」
（是的。葡萄酒賣場的話，在地下1樓。）

A：「ありがとうございます。」（謝謝。）

ワイン売り場。（在葡萄酒賣場。）

C：「いらっしゃいませ。」（歡迎光臨。）

A：「あのう、フランスの赤ワインが ほしいんですが。」
（嗯，我想要法國的紅酒。）

C：「はい、こちらに いろいろ ございます。」
（好的，這裡有很多種類。）

單字帳 🐱

☞ 免税売店	免稅商店	☞ ワイン売り場	葡萄酒賣場
☞ 何階	幾樓	☞ 地下～階	地下～樓
☞ 赤ワイン	紅酒	☞ 白ワイン	白酒

句型 197 （お）い形容詞 ございます。
（＊形容詞的鄭重用法）

 文型這樣用

形容詞的鄭重用法，大致使用於書信文章等，在這裡做為補充而介紹。

形容詞的音便部分，可分為以下三種：

❶.「あ段」音的語幹改成「お段」音＋「う」＋ございます

例文

①. たか<u>い</u> → たこう　ございます。（貴的；高的。）
　　　ka　　　ko＋u

❷.「い段」音的語幹

　(1). 語幹「～ii」的音改成「～uu」的音＋ございます。

例文

おお
大き<u>い</u> → 大<u>くう</u>　ございます。（大的。）
　　kii　　　　 kuu

　(2). 語幹若是「～shii」（しい）的音，就需改成拗音「～shuu」（しゅう）
　　　＋ございます。

例文

おい<u>しい</u> → おい<u>しゅう</u>　ございます。（好吃的；美味的。）
　　shii　　　　　　shuu

❸.「お段」音或「う段」音的語幹＋「う」＋ございます

例文

②. とお<u>い</u> → とおう　ございます。（遠的。※語幹音在「お段」）
　　o　　　　　ou

③. うす<u>い</u> → うすう　ございます。（薄的。※語幹音在「う段」）
　　su　　　　　suu

會話開口說

お目にかかれて　嬉しゅうございます。（能見到真是高興。）

A：「今日　先生に　お目にかかれて　嬉しゅう　ございます。」
（今天能見到老師，真是高興。）

B：「こちらこそ。」
（彼此彼此。）

單字帳

☞ 遠い	遠的	☞ 薄い	薄的
☞ 嬉しい	高興的	☞ お目に　かかります（動五／Ⅰ）	見面
☞ 楽しい	開心的	☞ リラックスします（サ変／Ⅲ）	放輕鬆
☞ 古い	舊的	☞ 期待します（サ変／Ⅲ）	期待
☞ 軽い	輕的	☞ 狭い	狹小的

句型 198　〜ちゃ

文型這樣用

「ては」的通俗説法，「では」的用法就是直接代換「じゃ」。

例文

①. 試験中ですから、話しては　いけません。
　→ 試験中だから、話しちゃ　だめよ。
　　（因為在考試，所以不准交談。）

②. 薬を　飲んで　いますから、お酒を　飲んでは　いけません。
　→ 薬を　飲んで　いるから、お酒を　飲んじゃ　だめよ。
　　（因為正在吃藥，所以不可以喝酒。）

會話開口説

お金を　無駄に　使っちゃ　だめだよ。（不准浪費地花錢哦。）

A：「お金を　無駄に　使っちゃ　だめだよ。」
　（不准浪費地花錢哦。）

B：「はい、大切に　使います。」
　（是的，會珍惜地使用。）

A：「それも　親孝行よ。」
　（這也是孝順哦。）

單字帳

☞ 試験中	正在考試	☞ 無駄（な）	徒勞的；浪費的
☞ 大切（な）	重要的；珍惜的	☞ お金	錢
☞ 会議中	會議中	☞ 準備中	準備中
☞ 挑戦中	挑戰中	☞ 逃走中	逃走中

句型 199 ～ちゃう/じゃう

文型這樣用

是「～て　しまう」、「～んで　しまう」的縮約形，用法為直接代換。

如：言って　しまう → 言っちゃう。（全說了。）；飲んで　しまう → 飲んじゃう。（全喝了。）

例文

①. りんごを　全部　食べて　しまいます。

→ りんごを　全部　食べちゃいます。（要將把蘋果全都吃掉。）

②. そうなると、こっちも　困っちゃうよ。

（要是這樣的話，那我就傷腦筋了。）

會話開口說 ☺

もうすぐ　終わっちゃいます。（已經快結束了。）

A：「忙しそうですね。」（你看起來很忙的樣子。）

B：「ええ、ちょっと。」（嗯，有一點。）

A：「資料のまとめを　手伝いましょうか。」（我來幫忙整理資料吧。）

B：「大丈夫です。もうすぐ　終わっちゃいますから。」

（沒關係，因為已經快結束了。）

單字帳

☞ 全部	全部	☞ まとめ	歸納；整理（名）
☞ かまいません	不要緊；沒關係	☞ 手伝います（動五／Ⅰ）	幫忙
☞ 気にしないで	別在意	☞ 家計簿	家計簿

〜なきゃ

文型這樣用

「〜なければ」的縮約形，用法為直接代換。

如：食べなければなりません → 食べなきゃなりません。（必須要吃。）

例文

①.あした　用事が　ありますから、休まなきゃ　なりません。

（因為明天有事，所以必須請假。）

②.申し込みの締め切りは　あしたまでですから、今日中に　郵便で
送らなきゃなりません。（報名截止日是明天，所以今天之內要以郵寄寄出。）

會話開口說 😊

急がなきゃ、間に合わないかもしれません。

（不快一點的話，可能會來不及。）

A：「あ、もうすぐ　約束の時間ですよ。」
（啊，快到約定的時間了。）

B：「そうですね。急がなきゃ、間に合わないかもしれません。」
（是啊，不快一點的話，可能會來不及。）

A：「はい。急ぎましょう。」（好，快一點吧。）

單字帳

☞ 船便	船運	☞ 締め切り	截止日
☞ 今日中	今天之內	☞ 郵便	郵寄
☞ 約束	約定	☞ 間に合います	來得及
☞ 封筒	信封	☞ 便箋	信紙
☞ 葉書	明信片	☞ 年賀状	賀年明信片
☞ 書留	掛號	☞ 消印	郵戳

Part ②

加強印象，總整理28助詞

在最短時間內從200句型
開口說日語！

❶ 終助詞。表示疑問語氣。

お名前は　何ですか。（您貴姓？）

❷ 表示不確定的語氣。

どこかで　見たような　気が　します。
（感覺像在哪裡看過。）

❸ 疑問詞か。（某個～）

また　いつか　会いましょう。
（什麼時候再碰面吧。）

どこかで　コーヒーを　飲みましょうか。
（在哪裡喝杯咖啡吧。）

❹ 疑問詞か、～（～呢？）

※疑問詞＋動詞/い形/な形/名詞普通形＋か，但
　是「名詞だ/な形だ」→「名詞か/な形か」。

今日は　何を　買うか　わかりません。
（不知道今天要買什麼。）

❶ 行為、動作的主體。＊動詞為自動詞
学生が　走って　います。（學生正在跑步。）

❷ 表示狀態、性質的主詞。
大阪は　食べ物が　おいしいです。
（大阪的食物很好吃。）

❸ 表示希望、能力、喜歡、討厭、可否等的對象。
英語が　できます。（會英文。）

❹ 當名詞修飾句的主詞。
田中さんが　作った料理は　おいしいです。
（田中小姐做的料理很好吃。）

03. かい

❶ 終助詞，男性用語。使用於親近的朋友或晚輩等。

❷ 相當於「〜（です）か／（ます）か」。

❸「〜かい」用於不含疑問詞的句末。＊比較 9 だい

❹「〜のかい」相當於「〜んですか」的用法。

今晩　一緒に　食事しないかい？
（今晚不一起吃飯？）

頭が　痛いのかい？（頭痛是嗎？）

04. から

❶ 表示原因、理由。（因為〜）
日本の歌が　好きですから、日本語を　勉強して
います。
（因為喜歡日本歌曲，所以在學日文。）

❷ 時間及動作的起點。（從〜；自〜）
小学校から　ずっと　ピアノを　習って　います。
（從小學開始就一直學鋼琴。）

❸ 表示事物的出處。
木村という人から　電話が　ありました。
（有一個叫做木村的人打電話來。）

❹ 授與關係中的授與者。（從○○那裡得到／收
到〜）
私は　友達から　プレゼントを　もらいました。
（我從朋友那裡收到了禮物。）

❺ 表示材料。（用○○做〜）
＊使用於東西外觀看不出材料時
紙は　木から　造ります。（紙是由樹做成的。）
カプセルは　もち米から　作ります。
（膠囊是糯米做成的。）

05. ぐらい
大約、大致

❶ 使用於時間時，表示時間長短。
家から　会社まで　電車で　40分ぐらい　かかります。（從家裡到公司搭電車約要40分鐘。）

06. ころ
大約

❶ 用於時間，表示時間的點。
接名詞時，讀為「ごろ」。
今朝　9時ごろ　会議を　行います。
（今天早上九點左右要舉行會議。）
学生のころ、よく　アルバイトを　しました。
（學生時期，經常打工。）

07. し

❶ 接續：動詞、い形、な形、名詞的普通形＋し。

❷ 常用句型：～も～し～も。

❸ 表示兩個或兩個以上的並列條件。（既～又～）
この部屋は　明るいし、風通しも　いいです。
（這個房間既明亮，通風也很好。）

❹ 表示兩個或兩個以上的原因、理由時。（因為～而且又～）
きのう　雨だったし、宿題も　多かったし、出かけませんでした。
（昨天因為下雨，而且作業又很多，所以沒有出門。）

08. ～しか～ない／ません
只有

❶ 表示只～，しか前接名詞。
今朝　牛乳しか　飲みませんでした。
（今天早上只喝了牛奶。）

きのう　りんごしか　食べませんでした。
（昨天只吃了蘋果。）

09. だい

❶ 終助詞，男性用語。使用於親近的朋友或晚輩等。

❷ 相當於「～（です）か/（ます）か」。

❸「だい」用於含疑問詞的疑問句句末。＊比較3 かい

※接續動詞、い形、な形、名詞的普通形＋だい。
但「な形だ/名詞だ」則改成「～なんだい/～名詞だい」，如：誰だい。

体の調子は　どうだい？大丈夫かい？
（身體狀況如何？不要緊嗎？）

10. だけ
只有

あしたの試験は　数学だけです。
（明天的考試只有數學。）

11. で

❶ 表示數量、範圍的限定。
きのうの会議は　20分で　終わりました。
（昨天的會議二十分鐘就結束了。）

❷ 表示行為、動作發生的場所。（在～）
道で　千円札を　拾いました。
（在路上撿到一千元鈔票。）

❸ 表示利用的方法或手段。（用～）
日本語で　簡単な　自己紹介を　しました。
（用日文做了簡單的自我介紹。）

❹ 理由（因為～）＊用於人為意識無法控制的因素時
風邪で　会社を　休みました。
（因為感冒向公司請假。）
台風で　試合は延期されました。
（因為颱風，比賽延期了。）

12. でも

❶ 疑問詞でも。（任何〜都〜）
荷物は　どこでも　見つかりませんでした。
（任何地方都找不到行李。）

❷ 表示舉例。
暇が　あれば、ご飯でも　食べましょうか。
（有空的話，吃個飯吧。）

❸ 表示強調。（甚至連〜）
こんな問題は　小学生でも　わかりますよ。
（這樣的問題甚至連小學生都懂哦。）

13. と

❶ 表示並列。（和、與）
朝ご飯は　パンと　コーヒーです。
（早餐是麵包和咖啡。）

❷ 表示與主詞一起參與動作的行為者。
（（主詞）和○○做〜）
山田さんは　陳さんと　一緒に　故宮博物院へ
行ったが　あります。
（山田先生和陳先生曾經一起去故宮博物院。）

❸ 引述內容。
先生は　生徒に「明日　レポートを　出しなさい」
と　言いました。
（老師跟學生說：「明天請交報告」。）

❹ 表示比較對象。
山と　海と　どちらが　好きですか。
（山和海，喜歡哪一個？）

トロと　サーモンと　どちらが　好きですか。
（鮪魚和鮭魚，喜歡哪一個？）

14. とか
〜或〜或；
〜啦〜啦

❶ 表示列舉。〜や〜や〜など的口語用法。
きのうの食事会は　坂本さん**とか**　山下さん**とか**
出席しました。
（昨天的聚餐，坂本小姐啦、山下先生啦都出席了。）

15. など〜
等

❶ 表示列舉。
デパートで　食べ物や　飲み物**など**を
買いました。
（在百貨公司買了食物和飲料等等。）

16. に

❶ 表示存在的場所。（在〜）
学生は　運動場**に**　います。（學生在操場。）

❷ 動作、行為發生的時間。（在（某時））
あしたの朝　九時**に**　駅の前に　集合して
ください。
（明天早上九點請在車站前集合。）

❸ 表示頻率、次數。
一年**に**　三回ぐらい　旅行します。
（一年大約旅行三次。）

❹ 表示行為、動作到達點。（到達〜）
東京駅**に**　着いたばかりです。
（剛到達東京車站。）

❺ 表示目的。
この辞書は　日本語の勉強**に**　使います
（這本字典是用在學日文的。）
あの雑誌は　ファッションの勉強**に**　使います。
（那本雜誌是用在學時尚的。）

17. の

❶ 代替名詞。

すみません。もう少し　小さい**の**は　ありません
か。（請問一下，有再小一點的嗎？）

❷ 所有格。（～的～）
あそこは　田中さん**の**席です。
（那裡是田中小姐的位子。）

❸ 連體修飾節中，「が」的代換。
雨が　降る日には、出かけたくないです。
→雨**の**　降る日には、出かけたくないです。
（下雨的日子不想出門。）

❹ 表示疑問，代替「か」。

※接續：動詞、い形、な形、名詞的普通形＋の。
但是「な形だ/名詞だ」→「な形なの/名詞な
の」。

如：いい天気な**の**？

＊屬於男性用語。女性用語使用「ですの、ます
の…」。
君も　行く**の**？（你也要去嗎？）

18. ～ので
因為

上田さんは　きれいな**ので**、人の目を　引いて
います。
（因為上田小姐很漂亮，所以吸引眾人目光。）

19. のに
竟然還～；
但是卻～

彼と　約束した**のに**、全然　約束を　守りません
でした。（跟他約定好了，但是卻不守信。）
雨が降っている**のに**、彼は出かけました。
（雖然下著雨，但是他卻還是出門了。）

252

20. は

❶ 提示主詞。
ロバート先生<ruby>先生<rt>せんせい</rt></ruby>は　英会話<ruby><rt>えいかいわ</rt></ruby>の先生<ruby><rt>せんせい</rt></ruby>です。
（羅伯特先生是英文會話老師。）

❷ 表示強調語氣。
今日<ruby><rt>きょう</rt></ruby>　残業<ruby><rt>ざんぎょう</rt></ruby>は　ありませんから、とても
嬉<ruby><rt>うれ</rt></ruby>しいです。（今天因為沒加班，所以很開心。）

❸ 將目的語移至句子的開端，且目的語的「を」改成「は」。
晩<ruby><rt>ばん</rt></ruby>ご飯<ruby><rt>はん</rt></ruby>は　もう　食<ruby><rt>た</rt></ruby>べました。（已經吃過晚餐了。）

❹ 對比的對象。
鈴木<ruby><rt>すず き</rt></ruby>さんは　数学<ruby><rt>すうがく</rt></ruby>は　得意<ruby><rt>とく い</rt></ruby>ですが、化学<ruby><rt>か がく</rt></ruby>は
苦手<ruby><rt>にが て</rt></ruby>です。
（鈴木同學數學很拿手，但是化學就很棘手了。）

21. ばかり

❶ 光是。
あの人<ruby><rt>ひと</rt></ruby>は　文句<ruby><rt>もん く</rt></ruby>ばかり　言<ruby><rt>い</rt></ruby>います。
（那個人光是說些抱怨的話。）
遊<ruby><rt>あそ</rt></ruby>んでばかりいないで　勉強<ruby><rt>べんきょう</rt></ruby>しなさい。
（別光只是玩，讀點書吧。）

❷ 動詞－た＋ばかり（剛剛）
私<ruby><rt>わたし</rt></ruby>は　去年<ruby><rt>きょねん</rt></ruby>　大学<ruby><rt>だいがく</rt></ruby>を　出<ruby><rt>で</rt></ruby>たばかりです。
（我去年剛從大學畢業。）

22. へ
往〜；朝〜

❶ 表示動作的方向、目的地。
来年<ruby><rt>らいねん</rt></ruby>の 10月<ruby><rt>じゅうがつ</rt></ruby>に　日本<ruby><rt>に ほん</rt></ruby>へ　行<ruby><rt>い</rt></ruby>くつもりです。
（明年十月打算去日本。）
夏休<ruby><rt>なつやす</rt></ruby>みに　イギリスへ遊<ruby><rt>あそ</rt></ruby>びに行<ruby><rt>い</rt></ruby>きたいです。
（暑假想去英國玩。）

23. ほど
大約、大概

❶ 前接數量詞時，與「くらい」用法一樣。
10人ぐらい＝10人ほど。（大約十個人。）

❷ 表示程度。
用事が　あって、一週間ほど　会社を　休みました。（因為有事，向公司請了一星期的假。）

❸ 常用句型「～ほど～ない」（沒有像～那樣的～）
日本の土地は　アメリカほど　大きくないです。
（日本的土地不如美國的大。）

24. まで
到～前；
到～為止

❶ 表示時間的終點。
あした　十一時まで　勉強する予定です。
（明天預定到十一點前要讀書。）

❷ 表示動作的終點。
明日空港まで　友達を　迎えに　行きます。
（明天到機場接朋友。）

25. も

❶ 也～
陳さんは　高校生です。山田さんも　高校生です。
（陳同學是高中生，山田同學也是高中生。）

❷ 疑問詞も～ません（～都沒～；～都不～）
きのう　どこも　行きませんでした。
（昨天哪裡也沒去。）
今日　何も　買いたくないです。
（今天什麼都不想買。）

❸ 用於超乎一般或超乎自己預想時。
（甚至～；竟然～）
バスを　３０分も　待ちました。
（公車竟等了三十分鐘。）

❹ AもBも（A和B都〜）

応募者は　男の子も　女の子も　います。

（應徵者有男孩也有女孩。）

26. **〜や〜や〜など**
A啦B啦〜等

❶ 表示列舉。

かばんの中に　櫛や　化粧品や　携帯電話などが　入っています。

（皮包裡裝著梳子啦、化妝品啦、手機啦等等。）

27. **より**
比○○〜

彼女は　私より　三歳年上です。

（她比我大三歲。）

28. **を**

❶ 他動詞的對象。＊目的語

テレビを　見ます。（看電視。）

コーヒーを　飲みたいです。（想喝咖啡。）

❷ 表示移動或經過的場所。

＊動詞屬移動性自動詞，如：歩く（步行）、渡る（越過）、飛ぶ（飛）、通る（通過）、走る（跑步）、散歩する（散步）、曲がる（轉彎）。

学校の前を　通りました。（經過學校的前面。）

❸ 表示動作的起點。

＊動詞如：出る、卒業する、出発する。

去年　大学を　卒業しました。（去年從大學畢業。）

電車は　東京駅を　出発します。

（電車會由東京車站出發。）

台北駅の一番出口を出ました。

（從台北車站一號出口出來。）

國家圖書館出版品預行編目資料

就是快！200句型開口説日語／李宜蓉 著.
-- 初版. -- 新北市：知識工場出版 采舍國際
有限公司發行, 2017.1
　　面；　公分. --（日語通；24）
978-986-271-736-3（平裝附光碟片）
1.日語　　2.句法

803.169　　　　　　　　　　105022984

知識工場‧日語通 24

就是快！
200句型開口說日語

出 版 者／全球華文聯合出版平台‧知識工場
作　　者／李宜蓉　　　　　　　文字編輯／馬加玲
出版總監／王寶玲　　　　　　　美術設計／吳佩真
總 編 輯／歐綾纖

本書採減碳印製流程
並使用優質中性紙
（Acid & Alkali Free）
最符環保需求。

郵撥帳號／50017206 采舍國際有限公司（郵撥購買，請另付一成郵資）
台灣出版中心／新北市中和區中山路2段366巷10號10樓
電　　話／（02）2248-7896
傳　　真／（02）2248-7758
ISBN-13／978-986-271-736-3
出版日期／2017年1月

全球華文市場總代理／采舍國際
地　　址／新北市中和區中山路2段366巷10號3樓
電　　話／（02）8245-8786
傳　　真／（02）8245-8718

港澳地區總經銷／和平圖書
地　　址／香港柴灣嘉業街12號百樂門大廈17樓
電　　話／（852）2804-6687
傳　　真／（852）2804-6409

全系列書系特約展示
新絲路網路書店
地　　址／新北市中和區中山路2段366巷10號10樓
電　　話／（02）8245-9896
網　　址／www.silkbook.com

線上總代理 ■　全球華文聯合出版平台
主題討論區 ■　http://www.silkbook.com/bookclub　　　● 新絲路讀書會
紙本書平台 ■　http://www.silkbook.com　　　　　　　● 新絲路網路書店
電子書下載 ■　http://www.book4u.com.tw　　　　　　● 電子書中心（Acrobat Reader）

知識工場
Knowledge is everything !

knowledge. 知識工場

Knowledge is everything！